1장 금의환향(錦衣還鄕) 7

2장 상극(相剋) 45

3장 묘안(妙案) 77

4장 패륵(貝勒) 109

5장 흉터 137

6장 이이제이(以夷制夷) 167

7장 대망회랑(大蟒回廊) 195

8장 대난전(大亂戰) 225

9장 괴물과 영웅(英雄) 253

10장 일만(一萬) 대군(大軍) 281

1장.
금의환향(錦衣還鄕)

당연히 기뻐해야 할 일이고, 또 자축해야 할 일이었으나
장예추는 그럴 수가 없었다. 임무를 완수하고 금의환향(錦衣還鄕)하는 길에
의외의 인물들이 따라나섰기 때문이었다.
느닷없이 혼사가 결정된 모용현아와
그녀의 수발과 호위를 맡은 수십 명의 모용세가 사람들이었다.

금의환향(錦衣還鄉)

1. 정말 무서운 놈이라고 했지, 내가?

무애암에 새겨진 검흔은 하나의 초식이 아니었다. 장삼봉이 평생을 이뤄 만들어 낸 모든 검법이 그 안에 집약되어 있었다.

소청검법부터 시작하여 태청검법, 대라검법, 태극검법 등 수십 가지의 검법과 초식이 그 안에 농축되어 담겨 있었다.

그 흐름을 어디에서 끊느냐, 어떻게 이어붙이느냐에 따라서 또 다른 검로가 이어지기도 하고 아예 전혀 다른 검법이 만들어지기도 했다.

태극문해로 시작된 화군악의 군혼은 연이어 태극회선

류, 태극만월(太極滿月), 태극원영(太極元永)의 초식을 펼쳐 냈다.

순간 그의 주변 반경 십여 장이 새하얀 검광으로 뒤덮였다. 동시에 화군악과 도단귀의 모습은 그 눈부신 검광에 가려져 보이지 않게 되었다.

"도단귀!"

"위험하다!"

"아이고, 큰일이다!"

지켜보고 있던 강호사괴가 깜짝 놀라며 부르짖었다.

바로 눈앞에 있는데도 볼 수가 없다니!

이건 전혀 생각하지도 못한 변수였다.

화군악을 볼 수가 없으니 그의 무공을 파악하여 그 움직임과 허점을 알아차리고 도단귀에게 전해 줄 수가 없게 되었다. 위험을 예지하고 방비하는 본능적인 육감도 소용이 없게 되었다.

즉, 그간 도단귀의 눈과 귀와 머리가 되어 주던 노로통과 대노조는 아무것도 할 수 없게 된 것이었다.

그뿐만이 아니었다.

번쩍!

느닷없이 불귀곡 움막 주변으로 내리친 벼락에 강호사괴의 눈이 타들어 갔다.

콰앙!

그리고 뒤이은 격렬한 천둥소리에 고막이 터진 것 같았다.

별안간 쏟아진 벼락과 천둥은 자연 현상이 아니었다. 저 눈부신 검광 속에서 펼쳐진, 화군악의 검이 허공을 가르는 빛이었고 천지(天地)를 양분하는 소리였다.

'이게 태극혜검의 진정한 위력인 겐가?'

노로통은 혀를 내둘렀다.

사실 장삼봉 이후 태극혜검을 익힌 자가 단 한 명도 없었으니, 그 위력이 어느 정도인지 얼마나 대단한 검법인지 그 누구도 알 수 없었다.

그러니 지금 화군악이 보여 주는 저 압도적인 광경이 태극혜검의 정수인지 아닌지는 전혀 알 도리가 없었다.

그러나 노로통은 확신할 수 있었다.

전설의 태극혜검이 아니고서야 어찌 검을 휘둘러 저런 위대한 장관을 만들어 낼 수 있단 말인가.

콰콰콰콰!

연달아 여러 차례의 폭발음이 들렸다. 화군악의 주변 십여 장을 뒤덮고 있던 백색 검광이 그제야 걷혔다.

노로통을 비롯한 사괴들은 주먹을 불끈 쥐고 침을 꿀꺽 삼키며 눈을 부릅떴다.

하지만 여전히 그들은 어찌 된 상황인지 볼 수가 없었다. 백색 검광은 걷혔지만 사오 장 높이까지 치솟아 오른

흙먼지가 채 가라앉지 않았던 까닭이다.

"괜찮아? 죽지 않았어?"

대노조가 다급하게 소리쳤다. 흙먼지 사이로 도단귀의 목소리가 들려왔다.

"죽지 않았다."

대노조를 비롯한 사괴가 동시에 안도의 한숨을 내쉬었다. 시시간이 황급히 물었다.

"어땠어? 견딜 만했나?"

"견딜 만했으니까 이렇게 대꾸하고 있는 거겠지."

짜증 가득한 도단귀의 목소리가 들려왔다. 그사이 허공을 뒤덮고 있던 흙먼지가 천천히 가라앉으며 도단귀, 그리고 화군악의 모습이 드러나고 있었다.

놀라운 일이었다.

화군악이 단시간에 엄청난 화력을 쏟아부었음을 증명하듯, 도단귀가 서 있는 주변 일대는 마치 수천 근의 화약과 수백 발의 폭탄이 동시에 터진 것처럼 초토화되어 있었다.

하지만 도단귀는 옷자락 하나 구멍 난 곳이 없는 모습으로 그 자리에 우뚝 서 있었다. 아직도 투지가 끓어오르고 기세가 중단되지 않은 듯, 자세를 한껏 낮춘 채 지팡이를 굳게 쥐고 있는 모습 그대로.

도단귀의 그 전투적인 모습에 사괴들이 일제히 환호성

을 내질렀다.

"그렇지! 당연히 막아 낼 줄 알았다고, 나는!"

"좋아, 이제 도단귀 자네의 공격 차례다!"

"놈은 가진 모든 걸 쏟아부었네. 지금 자네가 필사의 각오로 덤벼든다면 놈은 단 일초도 막지 못할 것일세!"

사괴들은 화군악의 그 무시무시한 공격에도 불구하고 단 한 걸음도 움직이지 않은 채 버티고 서서 끝끝내 모두 막아 낸 도단귀를 보면서 환호하고 응원하고 격려했다.

그때였다.

"시끄러워윗!"

도단귀가 성질을 내듯 버럭 소리쳤다. 지팡이까지 휘두르며 힘차게 응원하던 사괴들의 목소리가 쑥 들어갔다. 도단귀는 눈을 부라리며 동료들을 돌아보았다.

"한 번만 더 그딴 식으로 말했다가는 네 녀석들부터 용서하지 않을 거다!"

시시간이 의아해하며 물었다.

"왜지? 우리는 저 애송이의 태극혜검을 끝까지 버틴 자네가 대단하고 놀라워서 응원하는 건데, 그렇게 짜증을 부리는 이유가 뭔가?"

"끝까지 버틴 게 아니니까!"

도단귀가 다시 한번 버럭 소리쳤다.

"이건 말이지, 내가 움직이지 않은 게 아니라 움직이지 못한 거라고!"

"응? 그건 또 무슨 소리인가?"

천하의 모든 걸 다 알고 있다는 노로통이 고개를 갸웃거리며 도저히 모르겠다는 듯 물었다.

도단귀는 한숨을 쉬고는 다시 고함을 내질렀다.

"그러니까 저 빌어먹을 놈의 애송이가 나를 움직이지 못하게 만든 거라고!"

도단귀는 바락바락 악을 쓰듯 소리쳤다.

"놈이 검을 휘두르면서 말이지! 그 자리에서 조금만 움직이면 그대로 잘려 나간다! 발을 움직이면 발가락이 잘릴 것이고, 손이 움직이면 손목이 잘릴 거야! 그러니까 온순하게, 말 잘 듣는 어린양처럼 가만히 그렇게 서 있으라고! 그러면 다치지 않고, 옷 한 자락 구멍도 나지 않은 채 끝날 테니까! 그렇게 말하면서 검을 휘둘렀다고! 그리고 나는 놈의 말에 한 치도 반발하지 못하고 마냥 이렇게 서 있었거든! 마치 절에 간 새색시처럼 아무것도 하지 못한 채 말이지!"

"헤에. 그가 진짜 그렇게 말했다고?"

"아니, 말을 한 게 아니라 그렇게 말하는 것처럼이라고! 그 표정과 눈빛과 행동이 그렇게 말하는 것처럼 보이고 느껴졌다니까! 아니, 도대체 사람이 말을 하면 그 의미를 제대로 파악해야지 뭔 개소리냐고, 그게!"

도단귀는 수염까지 부들부들 떨리도록 고함을 지르고 또 질렀다. 노로통을 비롯한 사괴는 더 물어볼 말이 남아 있는 표정이었지만, 도단귀의 새파랗게 질린 얼굴을 보고는 다들 입을 다물었다.

하지만 무식쟁이 대노조는 그렇지 않았다.

"그래서?"

대노조는 도단귀와 화군악을 번갈아 바라보며 물었다.

"더 안 싸워, 이제? 그렇게 멀쩡한데도?"

"그래! 더 안 싸운다!"

도단귀가 아무렇게나 지팡이를 내팽개치며 소리쳤다.

"나는 기권이다! 저 괴물 같은 개자식과는 두 번 다시 싸우지 않을 테니까 네 녀석들 마음대로 해라!"

도단귀는 성큼성큼 걷더니 이내 제 움막으로 들어갔다.

사람들이 머뭇거릴 때 대노조가 쪼르르 달려가 도단귀의 지팡이를 집어 들고는 다시 쪼르르 달려와 노로통의 뒤로 숨었다. 그러고는 고개만 살짝 내민 채 화군악을 쳐다보며 입을 열었다.

"그럼 이제 우리가 진 거야? 이제부터 저 녀석의 하인이 되는 거야?"

노로통이 한숨을 내쉴 때, 침묵을 지키던 노행가가 한 걸음 앞으로 나서며 화군악을 향해 말을 꺼냈다.

"한 가지 묻자."

"말씀하십시오."

화군악은 군혼을 검집에 넣으며 고개를 끄덕였다. 노행가가 계속해서 말했다.

"그 검광 말이다. 백색 검광으로 우리의 시야를 가린 건 일부러 한 행동이었느냐?"

"그렇습니다."

"왜지?"

"그야 노행가 어르신이 제 검법을 보고 익힐까 두려웠기 때문입니다."

"흠."

"강호오괴가 싸우는 방법이 어떤 것일까 내내 고민했습니다. 물론 개개인의 능력이 대단해 보이기는 했지만, 그렇다고 해서 공적십이마와 견줄 정도는 아닌 것 같았으니까요. 그럼에도 불구하고 강호오괴가 구천십지백사백마는 물론 공적십이마까지 물리쳤다는 건, 분명 싸우는 방법에 뭔가 다른 점이 있다고 생각했거든요."

화군악은 네 명의 노괴를 차례로 돌아보면서 차분한 어조로 말을 이어 나갔다.

"다섯 어르신들은 개개인도 강하지만, 그 다섯이 하나가 되었을 때 진정한 위력이 발휘되는 것 같더라고요. 가령 조금 전 싸웠던 것처럼 한 사람이 적을 상대하는 동안 다른 사람들은 적의 무공을 관찰하여 허점과 단점을 찾아내는 겁니다. 확실히 그렇게 싸운다면 시간이 흐를수록 오괴는 점점 더 강해지고, 적은 점점 더 약해지게 되는 거죠. 하지만 과연 그게 전부일까요?"

네 노괴를 일일이 돌아보던 화군악의 시선은 노행가의 얼굴에서 멈춰졌다.

"어쩌면 오괴의 숨은 힘, 가장 큰 전력(戰力)은 도단귀도 노로통도 아닌 바로 노행가 어르신이 아닐까 하는 생각이 문득 들었습니다. 어르신께서 제 태극혜검의 초식을 흉내 냈을 때 말입니다."

"허어."

노행가가 저도 모르게 중얼거렸다.

"아무래도 내 패를 너무 일찍 드러내 보인 모양이로군."

"그렇습니다."

화군악은 고개를 끄덕이며 말했다.

"상대의 무공을 지켜보면서 그 무공을 흉내 내는 것뿐만 아니라, 동료들이 찾아낸 단점과 허점을 보완하여 더더욱 완벽한 무공으로 재현하는 것. 그게 노행가 어르신의 진정한 힘이겠지요."

노괴들은 아무 대꾸도 없이 가만히 화군악의 이야기를 듣고 있었다. 하지만 얼굴빛이 점점 창백해지는 걸 보면 화군악의 말이 아무래도 틀리지 않은 모양이었다.

화군악의 말은 계속해서 이어졌다.

"그리고 자신의 무공보다 더 완벽한 무공을 마주하게 된 상대방은 말 그대로 믿을 수 없는 당혹감과 압도적인 패배감에 짓눌려 제대로 실력 발휘를 할 수 없게 될 테고…… 결국 그렇게 패배를 맛보게 되는 겁니다. 결국 강호오괴의 무서운 점이 바로 거기에 있는 거고요."

* * *

"강호오괴 중에서 가장 경계하고 조심해야 할 상대는 바로 노행가라네."

공 노대는 입가에 걸려 있던 미소를 거두며 말했다.

"그가 타고난 눈썰미와 무엇이든 흉내 낼 수 있는 손재주와 발놀림과 잔재간, 거기에 다른 동료들의 조언과 당부까지 곁들여진다면…… 그가 펼치지 못할 무공은 세상에 존재하지 않는다네. 그게 바로 노행가라는 별호의 진정한 의미일세."

공 노대는 그렇게 말을 맺으며 곰방대를 툭툭 털었다. 재가 수북하게 쌓이고 있었다.

* * *

화군악은 게서 말을 끊고는 잠시 호흡을 가다듬으며 밤

하늘을 올려다보았다. 날이 새려면 아직 꽤 시간이 남은 듯한 밤하늘이었다.
 화군악은 다시 입을 열었다.
"그래서 여러 어르신들이 볼 수 없도록 일부러 안계를 가린 겁니다. 다섯이 하나가 되지 못하도록, 강호오괴의 진정한 힘이 발휘되지 못하도록 말입니다."
"흐음."
"끄응."
 노괴들의 입에서 희미한 신음들이 흘러나왔다.
"자, 그럼 이제 어떻게 할까요?"
 화군악은 활기찬 표정으로 노괴들을 둘러보며 물었다.
"계속 싸울까요? 아니면 이대로 끝낼까요?"
 네 명의 노괴는 서로를 돌아보았다.
 난감한 눈빛에 곤란해 하는 표정들. 상대가 자신들의 승부 방식을 알아차렸으니 굳이 싸울 이유가 없는 것이다. 아니, 싸워서 이길 방도가 없는 것이다.
"나는 기권하겠네."
"나도 포기하겠어."
 시시간이 먼저 말하고 노로통이 뒤를 따랐다. 결국 노행가도 고개를 끄덕였다.
"졌네. 완패야."
 노로통의 뒤에 숨어 있던 대노조가 화군악을 훔쳐보며

중얼거렸다.

"거봐. 정말 무서운 놈이라고 했지, 내가?"

2. 다섯 명의 하인들

화군악이 무창을 떠나 구궁산을 오르고, 구궁산 불귀곡을 찾아가 강호오괴와 내기를 벌이는 그 며칠 동안, 강호에서는 많은 일이 벌어지고 있었다.

물론 화군악은 그런 강호의 변화를 전혀 알 수가 없었다. 그저 그는 내기에서 이긴 대가로 강호오괴를 자신의 하인으로 삼고서 금의환향(錦衣還鄕)하듯 당당하게 불귀곡을 빠져나왔다.

노로통이 회회불귀진의 기물을 부수는 순간, 불귀곡 입구를 뒤덮고 있던 운무가 사라졌다. 물론 입구 주변에 세워졌던 두 개의 팻말도 박살이 났다. 이제 누구든 쉽게 불귀곡을 오갈 수가 있게 되었다.

"그럼 불귀곡이라는 명칭도 바꿔야 하는 게 아냐?"

대노조는 자신들이 수십 년 살아왔던 불귀곡 안쪽을 물끄러미 바라보며 중얼거렸다.

화군악은 그런 대노조를 물끄러미 바라보았다. 무식쟁이라고는 하지만, 처음부터 지금까지 대노조는 모든 사안의 근본이 되고 근간을 이루는 핵심을 절묘하게 꿰뚫고 있는 것 같았다.

"그럼 이제 갈까요?"

화군악의 말에 강호오괴는 잔뜩 기대하는 얼굴로, 몇몇이들은 군침까지 흘리며 힘차게 대답했다.

"네, 주인어른."

화군악은 살짝 머쓱한 표정을 지었다.

주인어른이라니.

그것도 저런 노인네들의 입을 통해 듣는 주인어른이라니. 확실히 온몸에 소름이 돋고 괜히 어색하고 미안해질 수밖에 없었다. 심지어 죄책감까지 살짝 드는 순간이었다.

화군악은 새벽까지 강호오괴들에게 굳이 주인어른 운운하며 존대할 필요가 없다고 설득했지만, 결국 쇠심줄보다 질긴 그들의 고집을 꺾을 수는 없었다.

"내기에 졌으니 이제부터 우리의 주인이십니다. 당연히 주인을 주인이라 불러야 하지 그럼 뭐라 부르겠습니까?"

"태어나서 이 나이 먹도록 단 한 번도 주인을 모셔 본 적이 없기에 행여 저희도 모르는 실수를 범할지도 모릅니다. 부디 이해해 주시고, 또 꾸짖어 주셔서 저희를 올바르게 인도해 주시기 바랍니다."

"그럼 어쨌든 우리는 먹고 마시고 잠잘 곳은 전혀 걱정하지 않아도 되는 거겠네? 주인어른이 다 알아서 챙겨 줄 테니까 말이야."

"주인으로 모실 때만큼은 노행가답게 모시겠습니다. 하지만 언제고 주인을 이길 때가 되면 그때 새로운 내기를 통해 지금의 관계를 반드시 역전시켜 보겠습니다."

"쳇, 모두 내 잘못이야. 다들 용서해 줘. 하지만 어쩌겠어? 내기가 신성한 만큼 그 결과에는 반드시 승복해야 하니까. 빌어먹을 주인어른이지만, 그래도 주인어른으로 모셔야겠지."

다섯 노괴물은 저마다의 속셈을 그대로 드러내면서도 하나같이 화군악을 주인어른으로 모시겠다고 말했다. 도단귀의 말대로 어쨌든 내기는 신성한 법이고, 당연히 그 결과에는 무조건 승복해야 했으므로.

화군악은 나이에 어울리지 않게 초롱초롱 반짝이는 눈빛으로 자신을 쳐다보는 다섯 노괴물을 깊은 한숨을 내쉬며 둘러보다가 문득 활짝 미소를 지으면서 입을 열었다.

"그럼 주인이 된 기념으로 한턱 쏘겠습니다. 구궁산 초입에 죽반(竹飯)을 기막히게 하는 객잔이 있거든요. 아주 배불리 먹게 해 드리겠습니다."

노괴물들은 뛸 듯이 기뻐했다.

"그러고 보니 바깥 음식을 먹어 본 게 몇 년 만이더라?"
"나는 가장 그리웠던 게 국물 요리라네."
"나는 물고기 요리."
"나는 쌀밥."
"나는 만두가 그렇게 먹고 싶더군."
"나는 술! 죽엽청, 백건아, 여아홍 가릴 것 없이 그냥 술이면 돼!"
"아! 술을 깜빡 잊고 있었군. 그래, 나도 국물 요리보다 술이 더 마시고 싶어."
"나도 술로 바꾸겠네."

서로 먹고 싶은 것들에 대해서 침을 튀겨 가며 대화를 나누던 노괴물들의 의견이 마침내 술로 통일되었다.

흐뭇한 눈빛으로 그 광경을 지켜보던 화군악은 문득 정색하며 천천히 입을 열었다.

"아, 제 하인이 되었으니 몇 가지 규제를 하겠습니다."

희희낙락하고 있던 노괴물들의 얼굴이 일순 딱딱하게 굳어졌다. 드디어 주인 된 자의 억압과 핍박이 시작되는구나 하는 표정들이었다. 몇몇 괴물들은 살기 어린 눈으로 화군악을 노려보기도 했다.

"규제라면 무슨……."

"아, 우선 첫 번째. 제 지시가 없는 한 결코 먼저 움직여서는 안 됩니다. 사람을 함부로 죽여서도 안 되고, 함부로 싸움을 벌이거나 다퉈서도 안 됩니다. 무엇보다 여러 어르신들의 별명을 함부로 입에 올려서는 안 됩니다."

"그렇게 많은 요구가 겨우 첫 번째라니."

대노조가 투덜거렸지만 화군악은 들은 척도 하지 않고 말을 이었다.

"두 번째, 제게는 네 명의 형제가 있습니다."

시시간이 눈을 반짝이며 끼어들었다.

"어라? 그건 우리와 똑같네. 우리도 다섯 명의 형제들이니까."

"헛소리. 누가 자네와 형제라고."

단도귀가 딴죽을 걸었다.

화군악은 다시 속으로 한숨을 내쉬었다.

이 어디로 튈지 모르는 다섯 노괴물과 한동안 함께 지내야 한다고 생각하니 골치가 지끈거렸다. 화군악은 그제야 강만리가 왜 그리 한숨을 자주 내쉬는지 이해할 수 있었다.

'돌아가면 강 형님께 조금 더 잘해 줘야겠구나.'

화군악은 애써 침착한 표정을 유지한 채 다시 입을 열었다.

"그 네 명의 형제 역시 저를 대하듯 대해 주기 바랍니다."

노괴물들이 고개를 끄덕였다.

"일리가 있는 말이지. 주인의 형제 역시 주인이라 할 수 있으니까."

"알겠습니다. 나보다 약하지만 않는다면 언제든지 주인으로 모시겠습니다."

"다섯 명의 형제들이라…… 어제 이야기했던 그 무림오적인가?"

대노조의 중얼거림에 화군악은 적지 않게 놀랐다. 역시 무식쟁이 대노조는 무식쟁이가 아니었다.

화군악은 잠시 생각하다가 고개를 끄덕이며 말했다.

"맞습니다. 나와 내 형제를 두고 건곤가를 비롯한 오대가문은 무림오적이라 부르며 적대시하고 있습니다. 뭐, 그들의 입장에서 보자면 당연히 그럴 수 있다고 생각합니다. 어쨌든 무적가주와 철목가주를 해치운 게 우리니까요."

일순 강호오괴의 눈이 화등잔만 하게 커졌다.

"뭐라고? 아니, 죄송합니다. 방금 뭐라 하셨습니까?"

"그 제갈 늙은이와 정가 놈을 죽였다고? 그게 정말입니까?"

"거봐. 내가 처음부터 무섭다고 했잖아."

대노조가 벌벌 떨면서 말하는 소리를 들으며 화군악은 어깨를 으쓱거렸다. 그러고는 그간 무림오적이 벌여 왔던 모든 일들에 대해서 간략하게 설명했다. 강호오괴의 입이 쩍 벌어진 건 당연한 일이었다.

"그렇구나. 무적가주와 철목가주를 해치웠다니…… 그럼 내가 진 것도 당연한 일이네."

도단귀가 고개를 끄덕이며 중얼거렸다.

"흠, 그렇다면 앞으로 우리는 무림오적의 충실한 하인이 되어서 오대가문과 싸우게 되겠군그래."

노로통의 말에 시시간이 주먹을 불끈 쥐었다.

"듣던 중 반가운 소리! 그 낯짝 두꺼운 놈들의 얼굴에 한 방 먹일 생각으로 지금껏 버티고 살아왔는데 말이지!"

"해볼 만하겠군. 재미도 있겠어. 좋아! 난 무림오적의 하인이 되는 것에 찬성하지."

노행가의 말에 다른 노괴물 모두 고개를 끄덕였다. 대노조가 힐끗 화군악을 쳐다보며 소곤거리듯 말했다.

"그런데 아직도 규제가 남은 것 같아서 말이야."

화군악은 쓴웃음을 흘리며 말했다.

"그게 전부입니다. 함부로 사단을 벌이거나 사람을 죽이지 말라. 그리고 내 형제들을 나처럼 대접해 달라. 그게 전부입니다. 나머지는 여러분 마음대로 하셔도 됩니다."

"흠, 우리 마음대로 할 게 뭐가 있을까?"

"아니, 귀찮아. 이제 그런 생각을 하는 것조차도. 그냥 나는 모든 걸 주인에게 맡기고 아무 생각 없이 편히 살고 싶다."

"음? 그것도 나쁘지 않군. 오래간만에 아무 생각 없이 편하게 사는 것도 말이야."

노괴물들이 흥분하여 말하는 걸 들으면서 화군악은 문득 고개를 갸웃거렸다.

'그럼 지금까지는 아무런 생각 없이 편하게 지내지 않았다는 건가?'

하지만 그 의문을 굳이 입밖으로 내뱉을 정도로 어리석은 화군악은 아니었다. 그저 가만히 미소를 지은 채 다섯 노인이 잔뜩 흥분한 채 떠드는 광경을 지켜볼 따름이었다.

* * *

구궁산 입구의 조그만 마을.

그 조그만 마을에 있는 조그만 객잔.

하지만 대나무를 가지고 하는 온갖 요리가 모두 천하일미(天下一味)인 그곳에 다섯 명의 노인과 한 명의 젊은이가 찾아와 탁자가 부러질 정도로 많은 요리를 주문했다. 물론 화군악과 강호오괴였다.

주문한 요리를 기다리는 동안 강호오괴는 그토록 고대하고 원했던 술을, 말 그대로 퍼마시기 시작했다.

다섯 동이의 술이 단숨에 비워졌다. 다른 탁자에 앉아

서 식사하고 있던 손님들-대부분 구궁산의 도사들-은 눈을 휘둥그레 뜬 채 그 광경을 지켜보았다.

"진짜 주귀(酒鬼)들이네. 어떻게 저리 술을 마실 수 있지? 물이라고 해도 저렇게 마시지는 못하겠는데?"

"사실 물이 술보다 마시기 어렵기는 하지."

"아니, 그런 뜻이 아니잖은가? 마치 저건 고래가 바닷물을 들이켜는 것 같잖나?"

"자네는 고래가 바닷물을 들이켜는 걸 본 적이 있나?"

"아니, 그런 뜻이 아니잖은가?"

강호오괴가 순식간에 다섯 동이의 술을 비우는 모습을 지켜보던 사람들이 서로 목소리를 높이며 싸우는 동안, 화군악은 다시 다섯 동이의 술을 주문했다. 동시에 죽순소육과 죽간탕 등 온갖 요리가 그들의 탁자에 가득 차려졌다.

강호오괴는 눈에 불을 켜고 요리들을 먹기 시작했다. 객잔의 손님들은 싸우다가 말고 그 광경을 보며 혀를 내둘렀다.

"주귀인 줄 알았더니 아귀(餓鬼)들이었네."

"흠, 오랜만에 맞는 말을 하는군. 아귀라면 확실히 술도 잘 마실 테니까."

손님들은 넋이 빠진 얼굴로 게 눈 감추듯 수십 개의 요리가 순식간에 사라지는 광경을 지켜보았다.

화군악은 쉬지 않고 새로운 요리를 주문했으며, 그렇게

다섯 번이나 탁자가 새로 치워진 후에야 비로소 강호오괴는 만족한 듯 거하게 트림하며 손을 내려놓았다.

"확실히 맛있었습니다, 주인어른."

"특히 죽순소육이 최고였습니다, 주인어른."

"저도 죽순소육이 최고였습니다. 아, 혹시 술을 더 주문해도 되겠습니까, 주인어른?"

노인들은 떠들썩하게 이야기했고, 그 대화를 가만히 듣던 손님들의 눈이 다시 휘둥그레졌다.

"뭐야? 저 노인네들이 하인이었던 거야?"

"흐음. 알고 보니 다섯 노인을 하인으로 데리고 유람을 즐기는 한량이었군그래. 하지만 한겨울의 구궁산은 험해서 쉽게 오를 수가 없을 텐데."

손님들은 목소리를 낮춘 채 화군악와 다섯 노인에 대해 이야기를 나눴다.

그때였다.

객잔 문이 열리더니 매서운 바람과 함께 한 무리의 새로운 도사들이 대청으로 들어섰다.

무심코 고개를 돌려 바라보던 화군악의 눈빛이 반짝였다. 막 들어선 도사들 역시 장내를 한 바퀴 둘러보다가 화군악과 눈이 마주치고는 반색했다.

"아니, 화 공자 아니십니까?"

"와아, 진짜 전생에 무슨 인연이라도 있는 것 같습니

다. 이렇게 우연히 또 마주치다니요."

"그렇습니다. 그것도 내일이면 이곳을 떠날 참이었는데 말입니다."

젊은 도사들이 앞다퉈 말하며 화군악에게 가까이 다가왔다. 그 무리의 우두머리 같아 보이는 중년 도사 역시 환하게 미소를 지으며 말했다.

"그래, 무존궁의 일은 잘 끝나셨소?"

"덕분에 잘 마치고 돌아가는 길입니다."

화군악은 자리에서 일어나 두 손을 모으며 말했다.

"내일 하산하신다는 말을 들으니 천진도사께서도 좋은 결과를 얻으셨나 봅니다."

화군악은 그렇게 말하면서 모산파 도사들의 면면을 살폈다. 아닌 게 아니라 처음 보는, 낯선 얼굴의 중년 도사가 그 무리에 합류해 있었다.

순박한 얼굴에 무슨 영문인지 몰라서 어리둥절한 표정을 짓고 있는 도사.

'그렇군.'

화군악은 내심 고개를 끄덕이며 생각했다.

'바로 저 도사가 모산파에서 새롭게 영입한 인재란 말이지?'

화군악은 가만히 그 중년 도사의 얼굴을 바라보았다.

3. 횡재도 이런 횡재가

"구궁산 화청궁(華淸宮)의 묘옥(昴沃)이라고 하오."
 순박하게 생긴 중년 도사는 정중하게 자신을 소개했다. 화군악도 이름을 댔다.
"항주의 손행자라고 합니다."
 일순 강호오괴 중 대노조가 고개를 갸웃거렸다.
"어라, 왜 손행자라고 하는 걸까? 굳이 자기 본명을……."
 화군악은 내심 화들짝 놀라며 황급히 제지했다.
"조용히 하시죠."
 대노조도 깜짝 놀라며 입을 다물었다. 안 그래도 강호오괴의 존재에 흥미를 보이던 모산파 도사들이 의아하다는 시선으로 그들을 번갈아 바라보았다.
 천진도사가 물었다.
"이분들은?"
 화군악은 속으로 한숨을 쉬며 입을 열었다.
"무존궁의 하인들입니다. 평생을 그곳에서 지내다가 처음 세상 구경을 하고 싶다고 해서 제가 데리고 나왔습니다. 그런 까닭에 세상 물정을 잘 모릅니다. 이해해 주시기 바랍니다."
"음?"

듣고 있던 묘옥도사가 고개를 갸웃거리며 입을 열었다.

"무존궁이라면 초은도사가 있는 그 무존궁 말씀이시오?"

"구궁산이 아무리 넓다 한들 그 무존궁 말고 다른 무존궁이 더 있겠습니까?"

"그렇다면 빈도도 몇 차례 놀러 가서 잘 알고 있소이다만, 그곳에서 저분들을 뵌 적이 한 번도 없는 것 같소이다."

묘옥도사의 말에 화군악은 시치미를 딱 떼며 말했다.

"무존궁에 종종 놀러 갔다 하셨으니 초은도사가 어떤 성품인지 잘 아시겠군요."

"그야 돈에 인색하고 욕심이 많으며…… 이런, 죄송하오. 초은도사의 인척이시라고 하셨지요."

묘옥대사는 거리낌 없이 말하다가 문득 천진도사의 귀엣말을 듣고는 얼른 표정을 수습하며 말을 바꿨다.

화군악이 웃으며 고개를 저었다.

"아니, 그분이 돈을 밝히는 거야 천하가 다 아는 사실이니까요. 어쨌든 그분은 자신이 부리는 하인이나 일꾼에게 반드시 줘야 하는 품삯도 아까워하거든요. 그래서 세상 물정 하나도 모르는 바보 천치들을 데려와서 밥을 먹이고 잠을 재워 주는 것으로 품삯을 대신하고 부려 먹었답니다."

 졸지에 세상 물정 하나도 모르는 바보 천지가 되어 버린 강호오괴는 그저 눈만 끔뻑거렸다.

 반면 화군악은 중간중간 고개를 젓거나 한숨까지 쉬어 가면서, 마치 미리 생각해 두었다는 것처럼 능수능란하게 거짓말을 술술 풀어 나갔다.

 가만히 듣고 있던 묘옥도사와 모산파 도사들은 처음에는 놀란 표정을 지었다가 이내 잔뜩 분개하는 얼굴로 바뀌었다.

 화군악의 이야기로는 초은도사가 품삯을 주는 하인이나 일꾼은 전면에 내세워 손님을 대접하고 그렇지 않은 자들은 절대 손님들의 눈에 띄지 않도록 해 왔다는 것이었다.

 "허어, 그렇게 보지 않았는데."

 묘옥도사는 도호를 읊으며 초은도사의 악랄함에 치를 떨었다.

 "당장 가서 훈계를 내려야 하지 않겠습니까?"

 모산파 젊은 도사들은 곧바로 구궁산 무존궁으로 달려갈 것처럼 엉덩이를 들썩거리자, 천진도사는 힐끗 화군악의 눈치를 살피며 말했다.

 "물론 초은도사가 잘못한 부분이 없지는 않으나 그걸 두고 우리가 훈계하는 건 옳지 않다. 게다가 초은도사의 인척이 있는 자리이니 다들 말조심하도록."

"괜찮습니다, 저는. 저도 평소 초은도사의 행태를 못마땅하게 생각했으니까요."

화군악이 웃으며 말했다.

"어쨌든 이들은 그렇게 품삯도 받지 못한 채 무존궁에서 평생을 허드렛일만 해 온 사람들입니다. 우연히 그 사실을 알게 된 후, 끈질기게 졸라서 겨우 무존궁에서 이들을 빼내 올 수 있었습니다."

"허어, 그거 정말 잘하셨소. 복 받을 일을 하신 것이오."

묘옥도사와 천진도사들이 화군악의 선행을 칭찬했다. 화군악은 머쓱한 표정을 지으며 화제를 바꿨다.

"뭐 그렇게까지 칭찬받을 일은 아닌 것 같습니다. 그건 그렇고…… 천하의 모산파가 특별히 모실 정도라면 도대체 묘옥도사께서는 얼마나 뛰어난 능력을 지닌 겁니까?"

묘옥도사도 머쓱한 표정을 지었다.

천진도사가 웃으며 고개를 끄덕였다.

"알고 보니 하늘이 내려 주신 인재가 이곳 구궁산 깊은 골짜기에 숨어 있었지 뭐요."

이후 천진도사는 묘옥도사의 재주와 능력에 대해서 침이 마르도록 칭찬했다. 순박하게 생긴 묘옥도사의 얼굴이 벌겋게 달아올랐다.

화군악이 감탄하듯 말했다.

"얼마나 대단한지 한번 보고 싶군요."

묘옥도사가 손사래를 쳤다.

"천진 도우(道友)께서 과찬하시는 것뿐이오. 남들에게 자랑할 정도는 아니외다."

"허허, 나는 입에 발린 말은 하지 않는 성격이오."

"뭐, 그리 겸양하시니 어쩔 수 없네요. 하지만 나중에라도 기회가 닿는다면 꼭 제 안계를 넓혀 주시기 바랍니다."

"그리합시다. 행여 시간이 된다면 언제든지 모산에 들러 주시기 바라오. 이 천진의 이름으로 크게 환대할 것이니."

천진도사가 활짝 웃으며 말했다.

마침 점소이들이 새로이 요리들과 술을 가지고 오는 바람에 대화는 게서 중단되었다. 모산파 도사들이 식사하려 할 때, 화군악이 "그럼 우리는 이만." 하며 작별을 고했다.

아무래도 밤이 길면 꿈을 꾸기 마련이고, 그 꿈은 악몽일 가능성이 컸다. 즉, 천진도사들과 함께 하는 시간이 늘어나면 늘어날수록 이 강호오괴에 대한 거짓말이 들통날 가능성이 농후해지는 것이었다.

사실 따지고 보면 하룻밤 술친구에 불과했지만 마치 십

년 이상 된 지기와 헤어지는 것처럼, 천진도사와 모산파 젊은 도사들은 진심으로 아쉬워하며 재회를 약속하였다.

화군악은 곧 다섯 노인을 이끌고 객잔을 빠져나왔다. 차가운 바람이 뜨겁게 두근거리던 그의 심장을 식혀 주었다.

"알고 보니 손행자이셨군요, 주인 나리."

대노조가 감탄하듯 중얼거렸다.

"손행자에 소담귀에 무림오적까지…… 우리 주인 나리의 별명은 도대체 왜 이리 많은 걸까요?"

대노조의 혼잣말을 듣던 노로통이 고개를 갸웃거리며 화군악을 향해 입을 열었다.

"굳이 저들에게 무림오적이라는 신분과 화군악이라는 본명을 숨긴 이유가 따로 있습니까?"

산길을 내려가던 화군악은 저도 모르게 움찔거렸으나 이내 정색하며 말했다.

"모산파 또한 건곤가와 한패이기 때문입니다."

화군악은 모산파가 만들어 낸 강시들에 관해서 설명했다. 설명을 들은 도단귀가 흥분한 기색으로 말했다.

"그럼 우리도 강시들과 싸우는 겁니까? 아, 몇 가지 남은 소원 중 하나가 드디어 이뤄지는군요. 세상에, 강시라니! 도대체 얼마나 강한지 직접 부딪치고 싶었다니까! 저 말코도사들도 강시를 부릴 줄 알겠지?"

"지금은 그게 중요한 게 아닙니다."

화군악은 당장이라도 몸을 돌려 천진도사들을 찾아가려는 도단귀를 달래며 말했다.

"먼저 공 노대를 만나서 그에게 벽력당이나 축융문의 위치에 관해서 이야기를 듣는 게 우선입니다. 강시와는 언제든지 싸울 수 있으니까요."

노행가가 눈을 휘둥그레 뜨며 물었다.

"벽력당과 축융문을 찾아다니는 겁니까, 지금?"

"네."

"축융문이라면 어디에 있는지 내가 알고 있는데요. 아, 물론 불귀곡에 갇히기 전의 일이기는 하지만."

이번에는 화군악의 눈이 휘둥그레졌다.

"그게 정말입니까?"

노행가는 어깨를 으쓱거리며 대답했다.

"예전에 축융문 사람들과 친하게 되어서 그들로부터 폭약 만드는 법을 훔쳐 배운 적이 있거든요."

"이런!"

화군악은 저도 모르게 탄성을 내질렀다.

"설마 폭약도 만드실 줄 아는 겁니까?"

노행가는 가슴을 내밀었다.

"제 별명이 노행가입니다."

그랬다. 노행가는 전문가였다. 그것도 세상 모든 일에

대한 전문가였다. 한 번 본 건 반드시 제 것으로 만들어서 능수능란하게 사용한다는, 그래서 노행가는 축융문의 기술을 훔쳐 익힌 폭파 전문가이기도 했다.

화군악이 입이 벌어졌다.

굳이 벽력당이나 축융문을 찾아 돌아다닐 이유가 사라진 것이었다. 횡재도 이런 횡재가, 천운도 이런 천운이 없었다.

"그럼 공 노대와 만난 다음 곧바로 우리 형제들을 만나러 가면 되겠군요! 자, 어서들 가자고요."

화군악은 조금 전 도단귀처럼 잔뜩 흥분하여 말하고는 서둘러 산길을 내려가기 시작했다. 그의 발걸음이 나는 듯 빠르고 가벼웠다.

* * *

북해빙궁, 화평장, 그리고 모용세가의 연맹은 성공리에 이뤄졌다. 가지고 간 예물보다 더 많은, 더 비싼 선물들이 수레 가득 실려 있었다.

당연히 기뻐해야 할 일이고, 또 자축해야 할 일이었으나 장예추는 그럴 수가 없었다. 임무를 완수하고 금의환향(錦衣還鄕)하는 길에 의외의 인물들이 따라나섰기 때문이었다. 느닷없이 혼사가 결정된 모용현아와 그녀의 수발과 호위를 맡은 수십 명의 모용세가 사람들이었다.

정월 중순.

어느새 북해의 땅은 동토로 변해 있었다. 쉬지 않고 눈보라가 흩날렸으며, 얼어붙은 땅 위로 한 자 이상의 눈이 쌓이기 시작했다.

물론 이 거친 땅에서 나고 자란 북해빙궁 사람들이나 모용세가 사람들이야 하루 이틀 겪는 일이 아니었으나, 그들이 탄 말이나 수레를 끄는 말은 달랐다.

혹한에서 나고 자란 말들이었지만, 그 가혹할 정도로 춥고 거친 북해의 얼어붙은 땅을 이동하는 건 확실히 고난에 가까운 일이었다.

그런 연유로 북쪽으로 갈수록 하루의 이동 거리는 짧아졌으며 말들이 휴식을 취해야 할 상황이 점점 늘어났다.

"차라리 말이 없었더라면 지금쯤 빙궁에 도착했을 텐데."

"그럼 저 많은 짐은요?"

"그거야 각자 나눠서 짊어지면 되지 않겠나?"

"저 많은 짐을 짊어지고 북해의 얼음산을 오르고 또 얼어붙은 땅을 내달리겠다고요? 그건 북해의 겨울을 모르셔서 하는 말씀이십니다."

섬예는 모닥불 앞에서 몸을 녹이던 강만리를 향해 타박하듯 말했다.

"본 궁이나 모용세가는 물론, 그곳에서 살아가는 여진족들조차 북해의 겨울은 무서워하고 두려워합니다. 한번 제대로 눈보라가 휘몰아치면 이곳이 어디인지 어디로 가는 길이었는지 잃어버리고 끝없이 방황하다가 얼어 죽고 마니까요. 특히 대흥안령산맥을 넘을 때는 더더욱 그렇습니다. 사방이 온통 험한 산이고 깊은 골짜기이다 보니, 한 번 발을 잘못 디디는 순간 바로 목숨을 잃게 됩니다."

"흐음."

강만리는 '강호의 고수들을 너무 얕잡아 보는군.' 하고 말하려다가 입을 다물었다. 섬예의 눈빛과 표정이 한없이 진지했기에, 그 얼굴에 대고 그런 식으로 말할 수는 없었던 것이었다.

"알겠네. 내가 너무 무르게 본 모양이네, 북해의 겨울을."

"이제 아셨으니 괜찮습니다."

섬예는 희미하게 미소를 지었다. 무뚝뚝하기만 한 사람이라고만 생각했는데, 가끔 이렇게 사람 기분 좋아지게 만드는 미소를 머금을 줄도 알았다.

강만리는 모닥불을 지켜보다가 문득 생각난 듯 고개를 휘휘 돌리며 물었다.

"그나저나 예추는 어디 갔지?"

"아, 조금 전 식사를 마치고는 산책하러 나가셨습니다."

"이런. 이 한밤중에, 그것도 이런 곳에서 산책이라니. 북해의 겨울을 너무 무시하는 게 아닌가?"

섬예는 강만리가 방금 자신이 했던 말을 조롱하거나 비웃는 게 아닐까 심각하게 고민했다. 강만리는 섬예의 그런 속내를 눈치챈 듯 웃으며 말했다.

"진짜로 걱정되어서 하는 소리네. 한밤중의 산속을 홀로 거닐다 보면 나쁜 터러가 달라붙을 수 있으니까."

섬예는 눈을 동그랗게 뜨고 물었다.

"강 장주께서는 진심으로 터러를 믿으십니까?"

"물론일세."

강만리는 진지하게 대답했다.

"세상에는 터러가 아니고서는 쉽게 설명되지 않는 게 많으니까."

그렇게 말한 강만리는 문득 짓궂은 표정을 지으며 말을 덧붙였다.

"게다가 나는 나쁜 터러, 즉 귀신 같은 걸 믿는 쪽이거든."

물론 한밤중의 깊은 산중을 홀로 걷는다고 해서 귀신이 달라붙지는 않았다. 단지 원한을 품은, 혹은 사연을 가진 여인 한 명 정도는 느닷없이 나타나 앞을 가로막기는 했지만.

장예추는 전혀 놀라지 않은 채 담담한 어조로 물었다.

"이 한밤중에 무슨 일이십니까, 모용 소저?"

귀신처럼 불쑥 튀어나왔던 모용현아는 혀를 잃어버린 후 새롭게 배운 말이 아닌, 전성술(傳聲術)을 통해 대꾸했다.

―아직 확인하지 않은 조건이 하나 남아 있어서.

"무슨 조건 말씀이십니까?"

―나보다 강한 사내여야만 혼인하겠다는 조건.

모용현아는 살기 가득 담긴 눈빛으로 장예추를 노려보며 재차 전음을 펼쳤다.

―죽기에는 딱 좋은 곳이거든. 북해 겨울, 그것도 한밤중의 깊은 산중이라면 말이야.

갑자기 모골(毛骨)이 송연해질 정도로 차갑고 매서운 북풍이 불어왔다. 마침 모용현아가 서 있는 곳이 북쪽이었고, 그래서 그 세찬 바람은 마치 그녀의 전신에서 서리서리 뿜어져 나오는 것만 같았다.

장예추는 여전히 당황하지 않고 침착하게 그녀를 지켜보다가 천천히 고개를 끄덕이며 말했다.

"좋습니다."

장예추는 허리에서 칼을 빼 들며 말했다.

"춥기도 하고, 다들 기다리고 있을 테니까 단 한칼에 승부를 내죠."

"끝까지······."

 모용현아가 이를 갈았다. 듣기 거북한 목소리가 그녀의 아름다운 입술 사이로 저주처럼 흘러나왔다.

"나를 능멸하는구나, 장예추."

2장.
상극(相剋)

설령 나라가 망하고 황궁이 괴멸한다고 해도
사실 강만리에게는 대단한 감흥을 주지 못했다.
흥망성쇠(興亡盛衰)의 순리에 따라서 망하지 않는 왕조는 없었으며,
애당초 나라가, 황궁이 그에게 해 준 것도 없었으니까.

상극(相剋)

1. 꺾이지 않는 꽃

애당초 맞지 않는 사람이 있는 법이다.

사람이 나쁘지도 않은데, 잘못은커녕 외려 자신에게 잘 대해 주는 데에도 불구하고 괜히 그와는 얽히고 싶지 않은 사람이 있는 법이다.

뭐랄까, 본능적으로 맞지 않는다고나 할까. 아니면 전생에 악연이라도 맺은 관계라고나 할까. 어쨌든 정이 가지 않고 적당한 거리를 유지하고 싶은 그런 사람이 있는 법이다.

장예추에게는 모용현아가 그런 사람이었다.

팔구 년 전 처음 만났을 때부터, 그러니까 장예추가 백

팔연단관의 수련생이었던 시절부터 왠지 모르게 모용현아는 그와 맞지 않았다.

모용현아는 무림십오군영의 재색을 겸비한 여인 중에서도 가장 뛰어난 미모를 지닌 여인이었다. 남궁보옥이나 당혜혜보다도 더 아름다운 외모에 활달하기까지 한 성격을 지녔으니, 당시 강호의 젊은 영웅들의 추앙을 한 몸에 받았다고 해도 과언이 아니었다.

또 그녀 역시 활발하고 쾌활한 성격을 바탕으로 뭇 사내들과 두터운 친분을 유지했다.

그러나 모용현아는 유독 장예추에게만큼은 그렇게 행동하지 않았다. 그녀는 처음부터 쌀쌀맞고 차갑게 그를 대했으며, 장예추 역시 다른 여인들과 달리 유난히 그녀에게는 쉽게 다가서지 못했다.

상극(相剋).

그랬다. 그들은 상극이었다. 두 사람은 그렇게 처음부터 서로 마음이 맞지 않아서 매번 충돌하고 다퉜다. 그리고 그 악연은 지금까지 계속 이어졌다.

폐관 수련 덕분이었는지 모용현아의 무공은 예전보다 몇 배는 는 상태였다. 어쩌면 그 시절의 모용중백도 쉽게 당해 낼 수 없을 정도로 그녀가 펼치는 구연락은 맹렬했고 폭발적이었다.

그러나 같은 기간 장예추는 그녀보다 몇 배는 더 실력

이 향상되었다. 당시 모용중백조차 그의 일초(一招)를 막을 수 없을 정도로 장예추의 무위는 이미 극강의 수준에 도달해 있었다.

칼과 칼이 맞부딪치는 순간 당연히 모용현아는 장예추가 진심으로 펼친 일격을 막지 못하고 바닥에 쓰러져야 했다.

만약 장예추가 마지막 순간에 칼을 뒤집어 칼등으로 내려치지 않았더라면, 모용현아의 어깨와 가슴은 크게 갈라진 채 피범벅이 되었을 것이었다.

"죽여라."

모용현아는 눈 쌓인 산중 땅바닥에 대자로 드러누운 채 이를 갈 듯 말했다.

장예추는 칼을 거둬들인 후 손을 내밀었다. 그리고 낮은 목소리로 소곤거리듯 말했다.

"내 두 번째 아내가 될지도 모르는 사람을 어찌 함부로 죽일 수 있겠소?"

일순 모용현아의 얼굴이 살짝 달아올랐다.

"흥!"

그녀는 장예추의 손을 외면하고는 천천히 몸을 일으켰다. 문득 그녀의 인상이 찌푸려졌다.

비록 손속에 정을 남겼다고는 하나 모용현아의 어깨를 가격한 장예추의 칼질은, 하마터면 그녀의 쇄골을 부러

뜨릴 정도로 강력한 일격이었다.

"괜찮소?"

장예추의 말에 그녀는 다시 냉랭한 표정을 지으며 대꾸했다.

"때릴 때는 언제고 이제 와 걱정하는 척을 하다니. 정말 마음에 안 들어."

모용현아는 땅에 떨어진 칼을 주워 들며 말을 이었다.

"어쨌든 졌으니까. 좋아, 네가 나보다 강하다는 건 인정할게. 그러니 네가 내 마음에 들지 않는 건 아무런 상관이 없겠지. 중요한 건 결국 내가 생각했던 것보다 훨씬 더 네가 강하다는 사실이니까."

장예추는 가만히 그녀를 바라보았다.

처음 만난 후 거의 십 년 가까운 세월이 흘렀다. 스무 살 언저리의 갓 피어난 꽃처럼, 탱탱하게 익은 과일처럼 아름답고 탄력 넘치던 그녀는 어느덧 서른 살이 가까워졌다.

그럼에도 불구하고 그녀는 십 년 전과 달라진 점이 하나도 없었다. 그 미모는 물론이거니와 여전히 오만하고 장예추를 싫어했다.

장예추는 왠지 모르게 그런 모용현아가 마음에 들었다.

그야말로 꺾이지 않는 꽃이라고나 할까.

때에 맞춰서, 대하는 사람에 따라서, 찾아온 기회에 따라서 언제든지 자신의 성격을 바꾸고 변화하는 이들보다는 훨씬 더 나아 보였다.

세상을 살아가면서, 또 십 년 세월을 보내는 동안 '예나 지금이나 한결같다'라는 소리를 듣는 건 결코 쉬운 일이 아니었다. 적어도 모용현아는 쉽게 마음을 바꾸거나 결심을 꺾을 여인은 아니었다.

"갑시다."

장예추의 목소리가 조금 더 다정하게 들렸다.

"사람들이 걱정하기 전에 돌아갑시다."

"흥."

코웃음을 치는 모용현아의 표정도 왠지 모르게 조금 전보다는 부드러워진 듯했다.

* * *

사흘 후.

강만리 일행은 만주 땅을 남북으로 가로지르는 산맥, 대흥안령산맥을 넘었다.

깊은 산골과 산골이 거대한 구렁이처럼 구불거리며 이어지는 길을 따라 천천히 북쪽으로 나아가고 있을 때, 문득 천지가 진동하는 듯한 굉음이 동쪽 저 멀리에서부터 희미하게 밀려들기 시작했다.

두두두두두!

강만리를 비롯한 사람들은 영문을 모르겠다는 표정으로 서로를 돌아보았다.

하지만 여진족 사람들은 달랐다.

"이런!"

순간 섬예의 낯이 핼쑥해졌다.

그는 본능적으로 알 수 있었다. 수백 리 떨어진 곳에서부터 희미하게 들려오는 그것은 수천수만 필의 말이 일시에 대지를 밟고 힘차게 내달리는 소리임이 분명했다.

곁에서 말을 몰던 강만리가 섬예의 낮은 신음과도 같은 소리를 듣고는 서둘러 물었다.

"무슨 일인가?"

섬예는 심상치 않은 표정을 지은 채 나지막하게 대답했다.

"아무래도 칸이 옹립된 것 같습니다."

"칸?"

강만리가 고개를 갸웃거릴 때, 모용현아 또한 딱딱하게 굳은 얼굴로 입을 열었다.

"칸은 곧 한(汗)이에요. 여진족의 최고 지도자에게 바치는 단어로, 최소한 구부(九部) 이상의 서로 다른 여진족 무리를 통합한 절대자만이 받을 수 있는 칭호랍니다."

강만리의 낯빛도 창백해졌다.

"아마도 늦은 모양이네요. 이미 여진 무리들이 칸을 옹립하고 대륙을 침공하려는 것 같아요."

"으음."

강만리는 저도 모르게 엉덩이를 긁적였다.

어느새 말에서 뛰어내려 지면에 귀를 댄 채 잔뜩 긴장한 표정으로 무언가를 듣고 있던 섬예가 다시 몸을 일으켜 세우며 강만리에게 보고했다.

"동쪽으로부터 사오백 리 떨어진 곳에서 들려오는 소리입니다. 십여 개의 산을 넘어서 예까지 당도하려면 대략 닷새 이상 걸릴 것 같습니다."

강만리의 눈이 휘둥그레졌다.

사오백 리, 닷새 이상 걸릴 거리에서 들려오는 말발굽 소리라니. 도대체 얼마나 많은 수의 말들이 일시에 지면을 박차고 내달려야만 가능한 일일까.

"최소한 삼만은 넘고 오만은 되지 않을 것 같습니다. 대략 삼 기, 사 기 정도의 군세가 모인 게 확실합니다."

"삼 기, 사 기?"

"네. 어쩌면 황백홍남(黃白紅藍), 네 기(旗)가 모두 활짝 펼쳐진 것일 수도 있습니다."

"흐음."

강만리는 모용현아를 돌아보았다. 모용현아는 창백한

얼굴로 설명했다.

"여진족은 원래 니루……."

"아, 니루와 잘란은 알고 있소."

"그럼 설명하기 쉽겠네요. 대략적으로 보자면 삼백 명의 집단을 니루라 하고, 다섯 니루를 합쳐 잘란이라 부르며, 다시 다섯 잘란을 합쳐 구사, 아…… 그러니까 구사는 여진족의 말로 깃발이라는 뜻을 지니고 있어요. 그리고 구사마다 서로 구분하기 위해서 황색, 백색, 홍색, 남색의 깃발을 들거든요."

"그럼 구사당 칠천오백 명이란 말이오?"

"모든 니루와 잘란의 수가 딱 그렇게 떨어지지 않으니까 대략 만 명 정도라고 생각하면 쉽겠네요."

"으음, 그럼 네 기가 다 펼쳐졌다면 사만 명이라는 뜻이겠구려?"

"아마도요. 그 정도가 동시에 준동하지 않고서는 저만한 소리를 내지 못할 테니까요."

"허어."

"아마 저들은 선발대일 가능성이 커요. 만약 진짜로 칸이 옹립되었다면 그 칸을 중심으로 최소한 십만 이상의 병력이 움직일 테니까요."

모용현아의 설명에 강만리는 입을 다물 수가 없었다.

최소한 십만 병력이라니.

강만리는 유주 일대를 지키고 있는 군대와 군사들을 떠올렸다. 겨우 수천 명에 불과한, 그것도 군기라고는 전혀 찾아볼 수 없는 그들이 과연 저 여진의 전사(戰士) 십만 명을 막을 수 있을까.

어림도 없었다.

하루 이틀도 견디지 못하고 속수무책으로 무너질 공산이 컸다. 유주의 방어망이 붕괴된다면, 게서 북경부까지는 그야말로 무혈입성이라 해도 전혀 틀리지 않았다.

'전하……'

강만리의 뇌리에 반사적으로 주완룡의 얼굴이 떠올랐다.

설령 나라가 망하고 황궁이 괴멸한다고 해도 사실 강만리에게는 대단한 감흥을 주지 못했다. 흥망성쇠(興亡盛衰)의 순리에 따라서 망하지 않는 왕조는 없었으며, 애당초 나라가, 황궁이 그에게 해 준 것도 없었으니까.

그러나 주완룡이 황궁에 있었다. 강만리와 형제들의 대사형인 주완룡이 그곳에 있었다. 그가 있는 한 황궁은 무너지면 안 되는 곳이었고, 그가 있는 한 절대 이 나라도 망해서는 안 되었다.

강만리는 입술을 깨물었다.

'뭔가 방법을 찾아야 한다. 최대한 저들의 진격을 늦출 방법을……'

강만리는 빠개질 정도로 머리를 굴렸지만 아무 계책도 떠오르지 않았다.

당연한 일이었다.

닷새면 이곳까지 당도할 선발대와 그 뒤를 따라 당당히 진격하고 있을 수만의 병력을 두고서 일개 전직 포두에 불과한 강만리가, 그것도 겨우 지금 수십 명 행렬을 지휘하고 있는 그가 도대체 할 수 있는 일이 어디 있겠는가.

강만리는 심각한 표정을 지었고, 장예추와 모용현아, 섬예 또한 딱딱하게 굳은 얼굴로 강만리만을 바라보았다.

수레를 끌던 모용세가의 사람들은 어찌할 바 모르고 말과 수레를 멈춰 세운 채 다음 명령이 떨어지기만을 마냥 기다리고 있었다.

차가운 바람이 쉬지 않고 불어오는 가운데, 한낮의 시간이 무료하게 흘러갔다.

그때였다.

두두두두!

이번에는 서쪽에서, 유주에서 북해로 이어지는 길목을 따라 거칠게 말을 달리는 소리가 느닷없이 들려왔다.

동시에 강만리를 비롯한 사람들의 고개가 일제히 그곳으로 홱 돌아갔다. 긴장과 불안, 의문의 표정이 그들의 딱딱하게 굳어진 얼굴 위로 스며들었다.

두두두두!

말발굽 소리는 동쪽에서 들려오는 소리보다 규모는 훨씬 작았지만, 그보다 크고 강렬하게 들려오는 것이 아무래도 지금 강만리 일행이 멈춰 선 곳에서 그리 멀리 떨어지지 않은 곳에서 다급하게 달려오는 모양이었다.

모용세가 사람들은 잔뜩 긴장한 채 반사적으로 무기를 꺼내 들고 싸울 자세를 갖췄다. 강만리와 장예추들도 예리한 눈빛으로 숲속을 노려보았다.

말발굽 소리는 평지와 평지 사이를 가로막듯 버티고 서 있는 숲 저편에서 점점 크고 빠르게 다가오는가 싶더니, 한순간 나무와 나무 사이를 비집고 대여섯 필의 말이 느닷없이 튀어나왔다.

히히힝!

말들은 길목을 가로막은 강만리 일행에 놀란 듯 크게 발을 구르며 울부짖었다.

강만리는 한껏 내공을 운기하고 있던 두 손을 힘껏 뻗으려다가, 문득 말 위에 타고 있던 사람을 확인하고는 황급히 손을 거뒀다.

"어라? 네가 왜 여기에서 나오는데?"

강만리는 당황하고 어리둥절한 표정으로 물었다.

여섯 필의 말 중 가장 큰 말에 탄 채 놀란 말의 고삐를 잡아당기며 달래던 사내도 화들짝 놀라며 물었다.

상극(相剋) ⟨57⟩

"아니, 형님은 또 왜 여기 계시는데요?"

2. 조우(遭遇)

숲 사이에서 느닷없이 말들이 튀어나오는 순간, 안 그래도 동쪽 말발굽 소리에 잔뜩 긴장하고 있던 섬예는 본능적으로 창을 내던졌다.

"멈추게! 우리 동료다!"

놀란 강만리는 빠르게 제지했다.

섬예는 아차 싶어서 황급히 손목을 꺾었다. 그가 날린 창은 맨 우측의, 난쟁이처럼 작달막한 노인의 귓전을 스치고 지나가 나무에 박혔다.

파르르르!

창대가 떨리는 것만으로도 그가 얼마나 강한 어깨를 지니고 있는지 알 수 있었다.

느닷없이 봉변을 당할 뻔했던 노인은 눈에 쌍심지를 켜고는 섬예를 향해 두 손을 뻗었다. 그의 조그만 손바닥 가득 강맹한 기운이 회오리쳤다.

동시에 노인이 그리 반응할 줄 알았다는 듯이 선두에서 날뛰고 있는 말을 달래던 청년이 크게 소리쳤다.

"멈춰요! 우리 가족입니다!"

"쳇!"

노인은 크게 혀를 차면서 손목을 비틀었다.

쾅! 하는 소리와 함께 섬예의 오른발 지면이 폭발하듯 움푹 파였다. 섬예와는 달리 손속을 거둬들일 시간과 능력이 충분해 보였으나, 노인은 그렇게 행동하지 않았다. 눈에는 눈, 이에는 이라는 것이리라.

"아니, 네가 왜 여기서 나오는데?"

강만리의 어처구니없다는 질문에, 상대편 청년도 눈을 동그랗게 뜨며 되물었다.

"아니, 형님은 왜 또 여기 계시는데요? 북해빙궁에는 가지 않았던 겁니까?"

"그러는 군악 너는 벌써 벽력궁이나 축융문까지 찾아갔다 돌아온 거야?"

믿을 수 없게도, 그렇게 숲을 가로질러 튀어나온 무리의 청년은 다름 아닌 화군악이었다. 또한 그와 함께 말을 달려온 다섯 노인은 조금 전 신경질을 부렸던 도단귀를 비롯한 강호오괴였다.

"이야기하자면 깁니다."

화군악은 어깨를 으쓱거리며 말했다.

"지난 한 달 사이에 강호에서 난리가 벌어졌거든요. 아! 지금도 수천 명이 우리를 뒤쫓고 있을 겁니다. 유주에서 잠시 그들을 따돌리기는 했지만 그래도 하루 이틀

안에는 우리를 따라잡을 겁니다."

강만리는 더욱더 화군악의 말을 이해할 수 없게 되었다. 그는 눈을 휘둥그레 뜨고 화군악을 바라보았다.

원래라면 새하얀 무복이 온갖 때와 먼지가 내려앉아 회색으로 변해 있었다. 여기저기 찢어져 있었으며, 색이 바랜 핏물 자국이 무복 곳곳에 마치 문양처럼 얼룩져 있었다.

언뜻 보더라도 꽤 오랫동안 제대로 쉴 틈 없이 혈투를 벌여 온 게 틀림없었다.

강만리는 제 몸뚱어리만 한 짐을 둘러멘 노인들을 돌아보았다. 그 다섯 노인 역시, 아니 그들은 화군악보다도 더 형편없는 몰골들을 하고 있었다.

'도대체 그간 무슨 일을 벌이고 다닌 거야?'

강만리는 한숨을 쉬며 입을 열었다.

"도대체 무슨 소리인지 하나도 알아들을 수 없구나. 천천히 자초지종을 이야기해 봐라."

"아니, 그럴 시간이 없다니까요? 이야기는 가는 길에 할 테니까 서둘러 빙궁으로 가자고요."

"방금 네 입으로 하루 이틀 여유가 있다고 하지 않았느냐? 게다가 마침 우리도 식사를 해야 할 때가 되었고, 무엇보다 서로 처음 보는 사람들도 있지 않으냐? 그러니 반나절 정도 여유를 가져도 충분할 것 같다."

강만리는 힐끗 다섯 명의 노인들을 바라보며 말했다.
화군악은 머리를 벅벅 긁다가 고개를 끄덕였다.
 "반나절이라면야 뭐."

 한적한 곳에 행렬이 멈춰 서고 모닥불이 피워졌다.
 섬예와 모용세가 사람들이 불을 지피고 물을 길어 식사 준비를 하는 동안, 강만리 일행과 화군악 일행은 서로 수인사를 나누었다.
 "이쪽은 모용세가의 모용 소저, 그리고 여기는 빙궁의 섬예라고 한다."
 강만리의 소개에 따라 모용현아와 섬예는 자신을 소개했다. 뒤이어 화군악이 키 작은 다섯 노인을 소개했다.
 "이쪽은 강호오괴라는 분들입니다."
 무림인에 관한 식견이 짧은 강만리나 전혀 없는 섬예야 멀뚱거리는 표정으로 강호오괴를 바라보았지만, 모용현아나 장예추의 반응은 전혀 달랐다.
 "강호오괴?"
 "설마 그 강호오괴인가요?"
 그들은 사부와 가문 사람들로부터 강호오괴에 대한 이야기를 누누이 들어왔다.
 과거 그들이 저질렀던 악행과 기행은 전설과도 같았으며, 그런 이야기를 전해 듣던 어린 시절의 장예추와 모용현아는 강호오괴를 아예 삼두육비(三頭六臂)의 괴물로 상상하기까지 했다.

하지만 정작 그들이 마주한 강호오괴는 삼두육비는커녕 제 가슴에도 오지 않는 작달막한 체구의 볼품없는 노인들에 불과했다.

"시시간이라고 합니다."

"노행가라고 불러 주십쇼."

강호오괴는 초라해 보일 정도로 부들부들 떨면서 제 별명을 이야기했다.

비록 해가 중천에 떠 있다고는 하지만, 한기 가득한 찬바람이 쉴 새 없이 불고 있었다.

가뜩이나 차가운 날씨에 쉬지 않고 한풍이 불어닥치니, 한 달 전까지만 하더라도 남쪽 땅 구궁산에 있던 강호오괴의 몸이 그 추위를 감당하지 못하는 건 너무나도 당연한 일이었다.

'진짜 이들이 강호오괴란 말이야?'

장예추와 모용현아는 눈을 동그랗게 뜬 채 추위에 벌벌 떨고 있는 다섯 노인을 바라보았다.

"이쪽으로 오시지요."

보다 못한 강만리가 그들을 모닥불 근처로 안내했는데, 다섯 노인은 펄쩍 뛰며 사양했다.

"그럴 수는 없습니다, 큰주인 나리."

"어찌 우리가 큰주인 어르신과 함께 있을 수 있습니까? 말씀 거둬 주시기 바랍니다."

생각하지도 못한 반응에 강만리는 눈을 휘둥그레 뜨며 화군악을 돌아보았다. 이게 어찌 된 영문이냐고 묻는 얼굴이었다.

화군악은 씨익 이를 드러내보이며 말했다.

"이야기하자면 길다니까요."

       * * *

확실히 화군악의 이야기는 길었다.

북해로 향하던 도중 화군악이 강만리 일행과 헤어져서 다시 중원으로 돌아갔던 게 두어 달 전의 일이었는데, 그 두어 달 동안 일반 사람이라면 평생을 두고도 겪지 못할 일들이 화군악의 주위에서 벌어졌다.

강만리는 화군악의 이야기를 들으면서 새삼 속으로 혀를 내둘렀다.

'별의별 일들이 다 벌어졌구나. 도대체 이 녀석이 사단을 끌고 다니는 건지, 아니면 사단이 이 녀석을 따라다니는 건지 모르겠다.'

화군악을 잘 알고 있는 강만리가 그런 생각을 할 정도였으니, 그를 처음 본 모용현아나 섬예는 아예 넋이 나간

상극(相剋) 〈63〉

표정으로 화군악의 이야기에 귀를 기울일 수밖에 없었다.

화군악은 유랑객잔의 저귀를 만나 일패도지(一敗塗地)한 것에서부터 이야기를 시작했다. 그리고 북경부에 들러 귀신 소동을 해결한 것과 또 황태자 주완룡의 안부까지 전했다.

모용현아는 깜짝 놀랐다.

'황태자를 대사형이라고 부르다니…… 도대체 이게 어찌 된 영문이람?'

그녀는 속으로 그렇게 중얼거리면서 힐끗 장예추를 돌아보았다.

장예추의 표정이 덤덤한 걸 보니, 그 역시 이미 황태자를 두고 대사형이라 부르는 걸 잘 알고 있는 모양이었다. 아니, 어쩌면 장예추 또한 황태자를 향해 대사형이라고 부른 적이 있는 듯했다.

때마침 식사 준비가 되었다.

다들 뜨거운 고깃국물과 만두를 먹으면서 허기를 때우는 와중에도 화군악의 이야기는 멈추지 않았다.

북경부의 일을 마친 후 곧장 무창으로 달려가 공 노대를 만난 일, 그리고 구궁산 불귀곡을 찾아가서 강호오괴와 내기를 벌여 이긴 것까지 일사천리로 이어졌다.

강만리의 눈이 휘둥그레졌다.

"그러니까, 내기에 이겨서 이 노인분들을 네 하인으로

두게 되었다는 말이지?"

"그렇다니까요. 저는 물론 우리 형제들 모두 주인으로 모시겠다는 맹세를 받았으니까요."

"허어."

강만리는 어처구니없다는 얼굴로 화군악을 바라보다가 다시 강호오괴를 돌아보았다. 강호오괴는 오가는 이야기에는 전혀 신경 쓰지 않은 채 오로지 뜨거운 국물을 사발째 들이마시면서 추위를 달래고 있었다.

"계속해 봐라."

강만리는 다시 화군악을 닦달했다. 화군악은 국물 한 모금을 마신 후 재차 이야기하기 시작했다. 사람들은 흥미진진한 표정으로 화군악의 말에 귀를 기울였다.

특히 강만리는 화군악과 구궁산에서 교우를 맺은 모산파 도사들이 마침내 원하던 인물을 구했다는 이야기에 두 눈을 번쩍였다.

'고로진인과 공룡, 공규를 잃은 까닭에 모산파는 다시 강시술에 능한 도사가 필요했던 모양이로구나.'

강만리는 내심 머리를 굴렸다.

'어쩌면 생각보다 강시술에 특화된 도사들의 수가 그리 많지 않은 모양이다.'

고묘파의 내분을 일으켜서 고로진인 등의 도사들을 영입한 것이나, 또 구궁산 전역을 뒤져 가며 새로운 도사를 찾은 것 역시 모산파에 강시술을 익힌 이가 그리 많지 않다는 방증이라 할 수 있었다.

'하기야 황궁 연쇄살인 사건 당시 모산파의 도사들이 여럿 죽어 나갔으니까.'

강만리가 그런 생각을 하는 동안에도 화군악의 이야기는 쉬지 않고 이어졌다.

"그렇게 모산파 사람들과 헤어지고 나서 곧바로 무창으로 돌아갔습니다. 그야말로 금의환향하듯 당당하게 공노대를 만날 작정이었습니다만…… 뭔가 분위기가 심상치 않더군요."

그렇게 입을 놀리는 화군악의 표정이 한없이 진지해졌다.

3. 용모파기(容貌疤記)

구궁산을 벗어나 무창으로 향하는 와중, 마을이나 관도에서 마주친 사람들이 고개를 갸웃거리며 화군악을 한 번 이상 돌아보았다.

마치 오래전에 한 번 마주친 사람인 양, 혹은 어디선가 본 듯한 사람인 양, 행인들은 그렇게 자신의 기억을 더듬으며 화군악을 바라보았다.

처음에는 화군악도 으쓱거렸다.

"다들 봤습니까? 나처럼 잘생긴 사람은 어딜 가나 사람들의 시선을 끄는 법이거든요. 아, 이 쓸데없는 관심이라는 게 너무 귀찮거든요."

화군악은 우쭐댔고, 세상 물정 모르는 강호오괴는 진심으로 감탄했다.

하지만 화군악이 아무래도 뭔가 일이 잘못되어 가는구나, 하고 느끼게 될 때까지는 그리 오랜 시간이 걸리지 않았다.

무창까지 가는 여러 방법 중 육로를 버리고 뱃길을 선택한 화군악이 막 나루를 출발한 객선에 몸을 실었을 때였다.

느닷없이 나루에 나타난 수십 명의 무림인이 객선을 향해 크게 소리치며 칼과 검을 휘둘렀다.

"배를 돌려라!"

"그 배에 흉악범이 타고 있다!"

뱃전에 기댄 채 장강의 물줄기를 감상하려던 화군악은 힐끗 그들을 돌아보며 중얼거렸다.

"흉악범이라니, 아직도 그런 못된 놈들이 세상을 활보하고 다닌단 말인가?"

그야말로 수십 년 만에 처음 배를 타본 강호오괴는 그간 믿어지지 않을 정도로 발달한 객선의 이곳저곳을 둘러보며 연달아 고개를 끄덕였다.

"세상에는 언제나 선인보다 악인이 최소한 열 배 이상 많은 법이죠."

"그래서 괜히 우리처럼 착한 사람들이 봉변을 당하고는 합니다."

화군악은 가볍게 미소를 지으며 말했다.

"뭐 흉악범이 얼마나 대단할지는 모르겠지만 그래도 다섯 어르신이 있으니 걱정하지 않아도 되겠습니다. 흉악범에게 있어서는 정말 배를 잘못 탄 게 되겠죠."

"우리만 믿으십시오, 주인 어르신."

"그나저나 이제 슬슬 말을 낮추실 때도 되지 않았습니까? 주인 나리께 존대를 받으니 영 어색하기만 합니다."

"내가 뭐랬어? 정말 고집 셀 것처럼 생겼다고 했지?"

화군악은 즐거웠다.

불귀곡 안에서나 밖에서나 한결같은 강호오괴를 지켜보던 화군악은 문득 배의 속도가 점점 느려지는가 싶더니, 이내 천천히 선회하는 걸 보고는 눈살을 찌푸렸다.

"아니, 그렇다고 굳이 배를 돌릴 필요는 없잖아? 겨우 흉악범 한 놈 때문에 말이지."

"그러니까 말입니다. 당장 달려가서 선장에게 우리가 있다고 이야기해 줄까요?"

"아니, 그런 식으로는 안 될 거야. 선장의 바지를 벗겨서 거꾸로 매다는 게 훨씬 더 효과가 있겠지."

강호오괴다운 이야기가 이어지는 동안, 화군악 일행을 태운 배는 다시 나루에 들어섰다. 수십 명의 무림인이 나는 듯 갑판 위로 뛰어올랐다.

갑판 위에 있던 손님들은 그 흉악한 모습에 놀라 한쪽으로 몸을 피하거나 얼른 선실 안으로 도망쳤다.

선장과 선원들이 쪼르르 달려나와 연신 허리를 굽혔다.

"도대체 무슨 영문인지……."
"비켜랏!"

선두에 선 무림인이 선장을 밀어내고는 불퉁한 눈을 희번덕거리며 크게 소리쳤다.

"화군악은 들어라!"

일순 화군악은 움찔거렸다. 그는 여전히 난간에 등을 기댄 채 방금 갑판으로 날아든 무림인들을 일일이 바라보았다.

'내가 아는 녀석은 없는 것 같은데?'

예의 그 무림인이 다시 크게 고함쳤다.

"네놈이 이 배에 탄 건 다 알고 있다! 괜히 이 어르신들의 수고를 끼치게 하지 말고 당장 앞으로 나와라! 죄를 빌면 목숨만은 살려 주마!"

강호오괴가 수군덕거렸다.

"그 흉악범이라는 놈의 이름이 화군악인가 보네."

"화군악이라, 이름부터 흉악범인 것처럼 들리는군."

"도대체 화군악이라니, 그렇게 촌스러운 이름은 어떻게 짓는 거야?"

화군악은 어이가 없었다.

하지만 아직도 자신을 담소귀 손행자로 알고 있는 강호 오괴에게 느닷없이 내가 바로 화군악이라고 밝히는 것도 어딘지 모르게 어색했다.

'도대체 어찌 되어 가는 영문인지 살펴나 보자.'

화군악은 그렇게 생각하면서 무림인들의 면면을 지켜보았다.

아무래도 선두에 서서 고래고래 고함을 내지르고 있는 중년 사내가 이 무리의 우두머리인 듯했다. 밤의 가시처럼 뻣뻣한 수염이 얼굴 하관을 잔뜩 뒤덮은 사내는, 아무래도 안 되겠다 싶었는지 품에서 종이 한 장을 꺼내 들었다.

화군악은 가늘게 눈을 뜬 채 그 종이를 바라보다가 저도 모르게 "헉." 하며 낮은 신음을 토했다.

털북숭이 사내가 꺼내 든 종이에는 한 사내의 얼굴과 용모파기가 그려져 있었는데, 제법 떨어진 거리에서도 확연히 그 얼굴을 알아볼 수가 있었던 것이었다.

'왜 내 얼굴이 저기에?'

화군악은 놀란 눈으로 종이와 중년 사내를 번갈아 바라보다가 퍼뜩 뇌리에 떠오르는 생각이 있었다.
'그렇구나!'
며칠 전 나눴던 공 노대와의 대화가 기억나는 순간이었다.

-태극천맹에서 자네들을 무림의 공적으로 규정하고 전 대륙에 자네들의 용모파기를 건 방을 붙이려 하네. 물론 상당한 액수의 현상금도 걸겠지.

화군악의 얼굴이 딱딱하게 굳어졌다.
'벌써 방이 내걸린 모양이군그래. 어쩐지, 왜 사람들이 매번 나를 돌아보나 했다.'
그제야 화군악은 이곳까지 오면서 스쳐 지나갔던 사람들이 왜 꼭 한 번 이상씩 자신을 돌아봤는지 알 수 있었다.
그건 화군악이 잘 생겨서가 아니었다. 화군악을 보는 순간 사람들은 저도 모르게 마을마다 붙여진 방, 그 방에 그려진 사내의 얼굴이 떠올랐기 때문이었다.
'누군가 나를 알아차렸겠지. 그래서 신고를 했을 테고. 그런 연유로 고스란히 내 행적이 밝혀진 것이겠군.'
젠장.

하마터면 입에서 욕설이 튀어나올 뻔했다.

상황이 이 정도 되자 겪어 보지 않아도 알 수가 있었다. 대륙 전역에 자신과 형제들의 방이 붙여졌을 테니, 최소한 유주에 당도할 때까지는 한순간도 마음을 놓지 못하는 상황에 부닥친 것이다.

화군악은 행여라도 저 털북숭이 사내와 눈이 마주칠까 슬그머니 고개를 돌렸다.

그러나 소용없었다. 삼사십 명의 무림인은 털북숭이 사내의 명령에 따라 갑판 위, 그리고 선실 내의 사람들을 일일이 조사하기 시작한 것이었다.

"잠깐 얼굴 좀 돌려보게."

험상궂은 사내의 험상궂은 목소리가 화군악의 면전에서 들려왔다.

강호오괴가 눈을 부라렸다.

"어딜 감히 우리 주인 어르신께 이래라저래라 하는 게냐? 뜨거운 맛을 보기 전에 썩 물러가라."

예전 같았더라면 그런 협박 대신 단번에 손을 뻗어 사내의 목을 찢고 심장을 꺼냈을 강호오괴였다. 하지만 이제는 화군악의 명령 없이는 절대 살수를 펼칠 수 없는 몸, 그저 낯선 사람을 본 똥개처럼 으르렁거릴 수밖에 없었다.

"허어, 이 난쟁이 늙은이들이 뭔 소리를 하는 거야?"

험상궂게 생긴 사내는 화군악의 앞을 가로막고 서 있는 강호오괴는 한 손으로 밀어내려고 했다. 하지만 강호오괴는 그 자리에 뿌리를 내린 것처럼 꼼작도 하지 않았다.
 "어라? 힘을 써?"
 사내는 바로 칼을 꺼내 들며 강호오괴를 향해 위협했다.
 "죽기 싫으면 비켜라!"
 강호오괴는 울먹이는 표정을 지으며 화군악을 돌아보았다. 화군악이 한숨을 내쉬며 고개를 끄덕였다.
 "마음대로 노십쇼."
 일순 강호오괴의 얼굴이 환해졌다. 동시에 "크악!" 하는 비명이 터져 나왔다. 강호오괴가 순식간에 다섯 방향으로 갈라지는가 싶더니, 각자 험상궂게 생긴 사내의 팔과 다리, 목을 힘껏 잡아당긴 것이었다.
 잘 익은 무가 쑤욱 뽑히듯, 팔과 다리, 목이 사내의 몸뚱어리에서 빠져나왔다. 잘린 것도 베인 것도 아니라, 말 그대로 쑤욱 뽑혀 나왔다. 피가 분수처럼 뽑힌 다섯 구멍에서 뿜어져 나왔다.
 "무슨 일이냐!"
 뒤늦게 험상궂은 사내의 단말마를 들은 사내들이 일제히 화군악 쪽으로 시선을 돌리다가, 그 처참하고 공포스러운 광경에 입을 쩍 벌렸다.

"그럼 오래간만에 마음껏 놀아 볼까?"

다섯 노괴들은 무림인들을 향해 들고 있던 팔과 다리, 목을 집어 던졌다.

무림인들은 화들짝 놀라며 피하거나 막으려 했지만 아무런 소용이 없었다. 미처 그들이 제대로 반응도 하지 못하는 사이, 팔과 다리와 목은 비수처럼 혹은 폭탄처럼 그들의 가슴에 박히고 머리통을 박살 냈다. 순식간에 다섯 명의 무림인이 처참하게 목숨을 잃었다.

그게 시작이었다.

다섯 노괴가 날뛰기 시작했고, 열을 채 헤아리기도 전에 갑판은 그야말로 시산혈해로 변해 있었다.

* * *

꿀꺽.

강만리는 저도 모르게 마른침을 꿀꺽 삼키며 강호오괴를 돌아보았다.

'이 노인네들이 그렇게나 흉악하다고?'

뜨거운 고깃국물을 세 그릇째 받아먹으며 희희낙락하는 노인들의 모습은 그야말로 어린아이처럼 순박해 보였다. 거기에다가 사람 좋아 보이는 얼굴에 작은 키, 동글동글한 체구까지 보자면 모기 한 마리 죽이지 못할 정도의 착한 심정을 가진 사람들처럼 보였다.

 그런데 이들이 사람의 사지를 무처럼 뽑아서 죽이는 괴물들이라니, 순식간에 삼사십 명의 무림인을 해치울 정도의 고수들이라니.

 역시 사람의 외모는 그 사람의 성격과 인품과 무관했다. 특히 세상을 오래 산 노인들의 경우에는 더더욱 그러했다. 세월의 풍상(風霜)과 그간 겪어 온 경험으로 얼마든지 표정을 지우고 성격을 감출 수 있으므로.

 "배는 난장판이 되었죠. 게다가 끝까지 그 배를 타고 무창으로 갈 정도로 얼굴이 두껍지도 않았고요. 결국 우리는 배에서 내려야 했습니다."

 화군악의 말에 문득 강호오괴가 눈살을 찌푸리며 투덜거리듯 말했다.

 "그러니까 우리 주인 어르신은 너무 마음이 약하시다니까요. 우리 말대로 그냥 타고 갔으면 훨씬 더 편했을 텐데 말이죠."

 "그렇지. 그깟 사람들 삼사십 명 죽인 게 뭐 그리 대수라고. 시체는 강에 버리고 피는 닦으면 되는데 말이야."

 "내가 말했잖아. 우리 주인은 너무 깔끔하다고. 그런 걸 보고 못 견디는 사람이라고 말이지."

 강호오괴의 말에 강만리의 턱이 내려앉았다.

 "허어."

화군악은 더 이상 사고뭉치에다가 말썽꾸러기가 아니었다. 강호오괴 앞에서는 그저 얌전하게 깔끔하고 마음 약한 어린아이에 지나지 않았다.

 문득 강만리는 오한이라도 든 것처럼 몸을 부르르 떨었다. 왠지 앞날이 어둡게 느껴진 것이었다.

3장.
묘안(妙案)

당연한 이야기이겠지만 노야에게도 황궁의 인맥이 있었다.
그것도 황궁에서 상당히 중요한 직책에 있으며
매우 굳건한 실권을 쥐고 있는 자들이 여럿이었으며,
그들 대부분 노야와 건곤가와 뜻을 같이하는 회원(會員)들이었다.

묘안(妙案)

1. 몸값

 도망치듯 객선에서 내린 화군악은 곧장 육로를 따라 무창으로 향했다. 지금까지와는 달리 대로와 관도를 버리고 오직 산길과 험로를 따라 쉴 새 없이 달리고 또 달렸다.
 끼니를 때우기 위해서 들른 조그만 마을에도 방이 붙어 있었다. 방에는 화군악을 비롯한 강만리, 담우천, 장예추, 설벽린의 얼굴이 마치 직접 보고 그린 것처럼 사실적으로 그려져 있었다.
 외떨어진 움막에서 훔친 삿갓을 깊게 눌러쓴 채 방을 구경하던 화군악은, 주변 사람들이 자신을 힐끗거리는 듯한 느낌에 결국 황급히 그 자리를 떠나야 했다.

객잔에서도 마찬가지였다.

"만두와 구운 오리구이, 말린 고기, 그리고 술을 각각 열흘 치 주게. 아, 싸 가지고 갈 것이야."

그렇게 주문을 하고 기다리는 동안에도 화군악은 객잔에서 밥을 먹고 술을 마시는 사람들이 모두 자신을 보며 쑥덕거리는 것 같아 영 기분이 불쾌하고 마음이 편치 않았다. 마을 전체가, 아니 중원 전체가 자신을 훔쳐보는 것만 같았다.

화군악은 거스름돈도 받지 않은 채 서둘러 음식을 챙기고 객잔을 빠져나왔다. 그게 실수였다.

"세상에나! 백 냥짜리 은괴 하나를 아무렇게나 내주다니. 이런 횡재가 어디 있단 말인가?"

객잔 주인의 환호성은 곧 사람들의 입을 통해서 마을 전역으로 퍼져 나갔다. 그리고 잠시 마을에 들렀던 객상(客商)과 여객(旅客)들이 그 소문을 다른 지역, 다른 마을로 퍼뜨렸다.

"겨우 은자 닷 냥어치 음식을 주문하고 백 냥짜리 은괴를 던지고 갔대."

"화수분이라도 가지고 있나? 그렇지 않고서야 그렇게 함부로 돈을 쓰는 사람이 어디 있다고."

"분명 금적산이나 무창의 노야를 아버지로 둔 망나니

일 게 분명해."

"아니지. 원래 부자는 우리보다도 더 끔찍하게 돈을 아끼다고. 절대 부자는 아닐 거야. 어쩌면 거스름돈을 깜빡 잊었거나 아니면 챙기지 못할 정도로 바빴는지도 모르지."

"거스름돈을 챙기지 못할 정도로 바쁜 경우는 또 뭐야? 누구에게 쫓기기라도 하는 건가?"

"음? 그리고 보니 아주 젊은 청년이라고 했던 것 같은데. 삿갓을 깊이 눌러 써서 그 얼굴은 확인할 수 없었지만 목소리나 하관을 보면……."

"이런, 내 추측이 맞은 것 같네. 삿갓을 깊이 눌러썼다는 것 자체가 제 신분을 감추기 위해서……. 어라? 설마, 그 방에 붙여진 무림오적인가 뭔가 하는 작자가 아닐까?"

"오호! 그럴 가능성도 없지 않은데? 왜, 빈수(彬水) 나루에서 한바탕 살육극이 벌어진 것도 무림오적과 연관이 있다는 것 같던데……."

소문은 소문에서 끝나지 않았다.

소문은 추측을 낳고 추측은 확신을 불러왔다. 그리고 그 확신은 다시 많은 무림인을 불러 모았다. 무창 일대로 하루에도 수백 명의 무림인이 모여들기 시작한 건 바로 그러한 이유에서였다.

물론 화군악은 멍청하지도 어리석지도 않았다. 그는 장

예추에게서 배운 구전역형신공(九轉易形神功)과 자신의 역용술을 통해서 새롭게 얼굴을 바꾼 상태로 무창에 들어섰다.

무창 거리는 그 어느 때보다도 많은 무림인이 칼과 검을 소지한 채 거리를 쏘다니고 있었다. 무림인들은 마치 검문검색이라도 하는 듯 행인을 볼 때마다 종이를 꺼내 들어 일일이 얼굴을 확인하였다.

그들을 피해 공 노대를 찾아가면서 화군악은 내심 혀를 내둘렀다.

'은자 백만 냥이라니.'

은자 백만 냥.

쉽게 믿어지지 않지만 그게 화군악의 몸값이었다. 그리고 모든 무림인이 혈안이 된 채 눈에 불을 켜고 화군악을 뒤쫓는 이유이기도 했다.

'하지만 말이지. 왜 겨우 은자 백만 냥인 거야? 담 형님은 무려 삼백만 냥의 현상금에다가 진천검(震天劍)까지 내걸면서 말이지.'

무림오적의 현상금은 개인마다 달랐다.

가장 비싼 현상금은 역시 담우천에게 걸렸다. 은자 삼백만 냥과 진천검이라는 보검이 그의 몸값이었다.

"진천검이 뭔데?"

중간에서 불쑥, 강만리가 화군악의 말을 잘랐다.

"무림십대병기(武林十大兵器) 중 하나입니다. 내공이 없는 일반 사람도 한 번 검을 내지르면 천 근 바위를 꿰뚫을 수 있을 정도의 가공할 위력을 지닌 검이라고 하더군요."

장예추가 화군악을 대신해서 설명했다.

"호오. 그래? 그럼 나는? 나는 몸값이 얼만데?"

강만리가 궁금해하며 묻자 화군악은 웃으며 대꾸했다.

"형님이나 나나 똑같아요. 은자 백만 냥."

"에에? 그것밖에 안 돼? 내가 너와 같은 몸값이라고? 왜? 누가 그런 말도 안 되는 가격을 책정한 건데?"

"그걸 왜 제게 따지십니까? 나중에 건곤가주나 오대가문 사람들에게 물어보시죠."

그렇게 잘라 말한 화군악은 이내 장예추를 노려보며 씩씩거렸다.

"그런데 저 녀석은 내 몸값의 두 배이더라고요. 왜 그런 말도 안 되는 가격이 책정되었는지, 나야말로 놈들에게 다지고 싶다니까요."

"응? 예추는 이백만 냥? 에이, 아니지."

강만리는 손을 내저으며 말했다.

"예추가 이백만 냥이면 나는 최소한 삼백만 냥은 되어야지. 뭔가 잘못들 생각하고 있군그래. 뭐가 중한지 전혀 모르는 녀석들이 제멋대로 가격을 책정한 게야."

"그러니까요. 예추가 이백만 냥이면 저도 삼백만 냥은 되어야죠. 형님이나 저나 비슷하지 않겠습니까?"

"뭔 헛소리. 너는 딱 백만 냥이 맞아. 정확하게 책정한 거야."

강만리와 화군악이 얼토당토않은 걸 두고 서로 다투자, 장예추가 눈살을 찌푸리며 말리려 했다. 하지만 그보다 먼저 모용현아의 거북한 목소리가 싸늘하게 들렸다.

"그렇게 장난칠 시간은 없을 텐데요?"

강만리와 화군악이 동시에 입을 다물었다. 모용현아는 재차 말했다.

"반나절이라면 금방 지나가거든요."

화군악은 뭐라 반박하려다가 그녀의 싸늘한 표정과 매서운 눈빛에 질린 듯 입을 다물었다. 그러고는 강만리를 보며 '도대체 이 계집은 뭐냐?'는 식으로 눈짓을 건넸다.

강만리는 알아들은 것처럼 어깨를 으쓱거리며 말했다.

"예추의 두 번째 부인이 되실 분이다."

"네?"

화군악의 눈이 휘둥그레졌다. 모용현아는 더욱더 싸늘하게 눈빛을 굳히며 말했다.

"제 이야기는 빙궁에 돌아가서 해도 늦지 않아요. 그게 아니라 하실 이야기들이 끝났으면 이제 다시 출발하든가요."

"허험, 계속해 보게."

강만리는 헛기침을 하고는, '뭐 이런 성질 더러운 계집이 다 있어?' 하면서 폭발하려 하는 화군악을 재촉했다. 화군악은 힐끗 모용현아를 노려보았다.

'목소리도 사내처럼 걸걸하고 혀도 짧은 계집이……'

영 마음에 들지 않았다. 한바탕 욕이라도 퍼붓고 싶었다. 하지만 장예추의 둘째 부인이 될 몸이라고 하니 그 앞에 대고 욕을 할 수는 없는 노릇이었다.

'쳇. 그래, 내가 참아야지.'

화군악은 그렇게 속으로 투덜거리면서 다시 입을 열었다.

"어쨌든 무창에 당도하자마자 우리는 곧바로 공 노대를 찾아갔습니다."

화군악의 이야기를 다시 시작되었고 사람들은 이내 눈을 반짝이며 귀를 기울였다.

물론 사람들은 그 와중에 설벽린의 몸값에 관한 이야기가 나온 적이 없다는 것도, 심지어 누구 하나 궁금해하지 않는다는 것도 까마득하게 잊고 있었다.

* * *

반가워서 어쩔 줄 몰라 하는 공 노대와는 달리 강호오괴는 머쓱한 표정으로, 심드렁한 얼굴로 그를 마주했다.

공 노대는 강호오괴의 손을 잡으며 연신 허리를 굽히며 사과했다.

그들을 불귀곡에 가둔 것부터 시작해서 정사대전이 끝난 지도 한참이 흘렀는데 이제야 그들을 불귀곡에서 데리고 나온 자신의 모자람까지, 공 노대는 지켜보고 있던 화군악이 쑥스러워져서 고개를 돌릴 때까지 사과하고 또 사과했다.

공 노대는 곧이어 술상을 차리고 여인들을 불렀다. 미리 대기하고 있던 반라의 여인들이 우르르 몰려나왔다.

강호오괴의 얼굴이 그제야 환해졌다. 그들은 화군악과 공 노대가 있건 말건 상관하지 않은 채 여인들을 물고 빠는 데 정신이 없었다.

공 노대는 비로소 겨우 마음이 놓인다는 얼굴로 고개를 끄덕이고는 화군악을 향해 고갯짓했다. 눈치 빠른 화군악은 그를 따라 방에서 나왔다.

후끈한 열기로 가득 찬 방과는 달리 대청은 소름이 돋을 정도로 서늘했다.

공 노대가 탁자에 앉아 술을 따르며 말했다.

"큰일이 났더군."

화군악이 고개를 끄덕였다.

"정말 큰일입니다."

"흠? 자네도 알고 있었나?"

공 노대는 고개를 갸웃거리며 말을 이었다.

"노야가 알아냈다네. 자네가 태자밀위이기 이전에 무림오적 중의 한 명인 화군악이라는 사실을 말일세."

"네?"

화군악의 눈이 휘둥그레졌다.

공 노대가 말한 '큰일'이라는 것이 오대가문과 태극천맹이 대륙 전역에 붙인 방을 두고 이야기한 건 줄 알았는데 그게 아니었다.

'노야라니?'

화군악은 고개를 갸웃거리다가 이내 공 노대의 말이 떠올랐다.

'아, 이곳 무창의 일인자(一人者)라는 늙은이? 금적산과 더불어서 강호 몇 대 갑부라고 불린다는? 그래. 그 늙은이가 건곤가의 돈줄 중 하나라고 했지, 아마?'

거기까지 떠올린 화군악의 안색이 급변했다.

"그렇다면 이곳 무창으로 건곤가 놈들이 달려오는 중이겠군요. 아니면 이미 집결했거나."

공 노대가 고개를 끄덕였다.

"아마도 달려오는 중일 걸세. 노야가 자네의 진정한 신분을 알게 된 건 이틀 전이었으니까."

화군악의 얼굴이 딱딱하게 굳어졌다.

2. 최적(最適)의 순간

 당연한 이야기이겠지만 노야에게도 황궁의 인맥이 있었다.
 그것도 황궁에서 상당히 중요한 직책에 있으며 매우 굳건한 실권을 쥐고 있는 자들이 여럿이었으며, 그들 대부분 노야와 건곤가와 뜻을 같이하는 회원(會員)들이었다.
 그리고 노야는 화군악의 행적을 역추적한 끝에 그 황궁의 인맥을 통해서 연락을 받을 수가 있었다.

 -중략(中略).
 화군악이라는 자요. 황태자와 매우 친분이 깊소. 일전에는 전직 포두 강만리라는 자와 함께 황궁에 방문한 적도 있소.
 하략(下略).

 그런 내용의 전갈이 노야에게 전해진 건 이틀 전의 일이었다. 노야는 매우 놀라는 한편 매우 즐거워했다.
 "내 역모를 눈치챈 황태자가 보낸 밀위인 줄 알았더니 알고 보니 무림오적 중 한 명이었구나."
 노야는 이게 자신에게 찾아온 또 다른 기회라고 생각했다.

"놈을 생포할 수만 있다면, 그리하여 남은 오적의 소재까지 찾을 수만 있다면…… 일곱 부회주(副會主) 중에서 내가 선두에 오를 수 있는 최고의 기회가 될 것이다."

그는 잠시 생각하다가 심복들에게 지시를 내렸다.

"건곤가에는 내일 늦게 연락을 취하라. 화군악의 종적을 확인했다는 사실을 아예 보고하지 않을 수는 없겠지만, 하루라도 늦춘다면 우리가 먼저 놈을 생포할 확률이 그만큼 높아지니까."

화군악에게 있어서는 더없이 고마울 법한 결정이었겠지만, 노야의 입장에서 보자면 여느 때처럼 탁월하기 그지없는 명령이었다.

"명을 받듭니다."

우결이 대답했다. 노야는 다시 한번 고개를 끄덕이며 지시를 내렸다.

"좌결은 본 가의 모든 병력을 모으도록. 거기에다가 용병과 낭인 할 것 없이 돈으로 끌어모을 수 있는 모든 병력까지 끌어모아라."

"바로 움직이겠습니다, 노야."

좌결이 대답했다.

노야는 마지막 남은 중결을 향해 지시를 내렸다.

"화군악은 이곳 무창에서 자취를 감췄다. 그가 이곳을 찾아온 이유가 분명히 있을 것이다. 그대는 화군악의 행적과 또 그가 이곳을 찾은 이유를 조사하여 밝혀내도록."
"존명."
중결이 대답했다.

노야가 전적으로 신뢰하는 세 명의 심복, 좌결과 우결, 그리고 중결은 맡은 바 임무를 띤 채 서둘러 자리를 떴다.

노야는 벌거벗은 여인들이 기다리고 있는 방으로 천천히 걸음을 옮기며 중얼거렸다.

"허허. 어쩌면 드디어 금적산을 누르고 천하제일 갑부가 될 기회를 맞이했는지도 모르겠구나."

염원하던 순간이 드디어 도래한 것이다. 그 생각만으로 노야의 아랫도리는 터질 것처럼 팽창했다. 채음보양을 하기에도 최적의 순간이었다.

* * *

"어쨌든 자네는 당장 이곳을 떠나는 게 좋을 것 같네."
공 노대가 조언하듯, 혹은 지시하듯 말했다.

화군악은 마뜩잖은 표정이었다. 이렇게 쫓기듯 떠나야 한다는 게 영 마음에 들지 않는 얼굴이었다. 떠날 때는 떠나더라도, 단 한 번도 만난 적이 없는 노야라는 작자에게 뭔가 한 방 먹여 주고 싶다는 눈치였다.

"그 노야는 지금 어디에 있습니까?"

화군악의 갑작스러운 질문에 공 노대는 의아하다는 표정을 지으면서도 순순히 대답했다.

"만화원(滿花園)이라고, 자신의 장원에 머물고 있네. 수천 평 땅에 구백구십구 칸의 방이 있는, 그야말로 거대한 고래와 같은 장원일세."

"흠, 내당 깊은 곳에 숨어 지내겠군요."

"아니, 왜 그가 숨어 지내겠는가? 그의 처소는 천운헌(天運軒)이라고 해서, 늘 그곳에서 지내지. 장원 가득한 꽃 중에서도 선별한 아름다운 꽃들과 함께 말일세."

"꽃들이요?"

"그래. 노야는 따로 어화(御華)라고 부르는데, 흥! 결국에는 제 음욕을 채우고, 또 채음보양의 술법을 통해 젊음을 유지하려는 속셈일 뿐일세."

공 노대는 코웃음을 치며 어화에 대해서 설명했다.

대륙 전역에서 십 세 이상 이십 세 이하의 순결한 처녀들을 찾아내, 그중에서도 아름답고 몸매가 뛰어난 이들을 골라서 만화원으로 데려온다. 만화원의 만화(滿花)는 결국 그 수많은 소녀들을 의미한다 할 수 있었다.

"이곳 무창에는 그런 소리가 있네. 노야가 먼저 고르고 남은 이들이 황궁의 궁녀가 된다고 말이지."

그렇게 데리고 온 아름다운 소녀들은 특별한 검사를 통

해 재차 처녀임을 확인하고 온갖 영약과 귀한 보약으로 음기를 가득 채운다.

음기가 넘쳐흐르게 되면 새하얀 피부는 절로 홍조를 띠고, 눈가에는 음탕한 색기가 흐른다. 곧 노야와 합궁(合宮)할 준비가 되었다는 신호라 할 수 있었다.

"그런 소녀들을 어화라고 부르더군. 그리고 아주 오래전에 천사도(天師道)의 늙은 도사로부터 익혔던 채음보양술을 통해 음기를 흡수하는 게지."

공 노대는 평소와는 달리 노야에게 꽤 불만이 있는 투로 말을 맺었다. 화군악은 공 노대가 노야의 만행에 분개하고 있다고 생각하면서 입을 열었다.

"확실히 나쁜 놈이군요."

"그렇지! 확실히 나쁜 놈이야!"

공 노대는 힘차게 고개를 끄덕였다.

"순결하고 아름답고 순수한 소녀들을 모조리 제 것으로 만들다니, 그런 나쁜 놈이 세상에 어디 있느냐 말이지! 그래도 조금은 남겨 둬야 나 같은 늙은이에게도 차례가 올 텐데, 아주 커다란 그물로 물고기를 싹 쓸어 담는 못된 짓을 하고 있는 거야!"

"네?"

화군악의 눈이 휘둥그레졌다. 공 노대가 화를 내는 대목이 자신이 생각했던 것과 전혀 다른 듯했다.

"그러니까 공 노대의 차례가 오지 않아서, 세상 아름다운 소녀들을 노야에게 모조리 빼앗겨서, 그래서 화를 내시는 겁니까?"

"그럼 화가 나지 않겠나? 나도 회춘이라는 걸 할 줄 안다네."

"이런."

화군악은 입을 다물었다.

나이가 들면 다 똑같게 되는 건가. 그렇게나 젊음이 부러운 건가. 아니면 노야나 공 노대와 같은 몇몇 제정신이 아닌 늙은이들만이 그런 것인가.

화군악은 더는 공 노대와 이야기를 나눌 생각이 사라졌다. 그는 벌떡 자리에서 일어났다.

공 노대가 고개를 들어 그를 쳐다보며 고개를 끄덕였다.

"잘 생각했네. 바로 떠나게."

화군악은 희미하게 웃으며 말했다.

"아직 한 가지 할 일이 남아서 말입니다."

공 노대가 고개를 갸웃거렸다.

"무슨 일인데?"

* * *

"좋은 일입니다."

화군악은 만족스러운 정사를 마치고 푹 쉬고 있던 강호오괴를 둘러보며 말했다.
"모처럼 마음껏 즐길 수 있는 판이 마련되었습니다."
화군악의 말에 도단귀가 손을 내저었다.
"아, 계집이라면 됐소이다. 두 시진 동안 무려 일곱 번이나 했더니 이제는 아예 서지도 않는구려."
'하여튼 늙은이들이 더 정력이 넘쳐 난다니까.'
화군악은 속으로 투덜거리고는 다시 입을 열었다.
"계집 속살 맛은 봤으니 사람 속살 맛을 볼 때가 되지 않으셨습니까?"
"사람 속살?"
도단귀의 눈이 희번덕거렸다. 그는 저도 모르게 군침을 꿀꺽 삼키고는 은밀한 어조로 물었다.
"어디 인육 요리를 잘하는 집이라도 찾았나?"
"네?"
화군악은 화들짝 놀라며 한 걸음 뒤로 물러났다. 그는 메스껍다는 얼굴로 도단귀를 노려보았다.
강호에는 인육을 가지고 요리를 하는 흑점(黑店)이 있으며, 또 예로부터 인육으로 젓을 담가 먹는 기이한 풍습이 있다는 것도 모르는 바는 아니었다.
또한 남만(南蠻)의 서쪽에는 담인국(啖人國)이 있어서, 그 나라에서는 첫아이를 낳으면 갈라서 먹고 맛이 좋으면

군장(君長)에게 바친다는 이야기도 들은 기억이 있었다.

하지만 이렇게 직접적으로, 자신의 면전에 대고 인육 운운하는 사람은 처음 본 화군악이었다. 먹었던 음식이 게워질 것처럼 역겨운 일이었다.

도단귀는 그것도 모르고 입맛을 다시며 계속해서 인육에 관해 이야기하려 했다.

하지만 화군악의 얼굴과 눈빛에 떠오른 그 경멸과 혐오를 읽어 낸 노로통이 도단귀보다 한발 앞서 입을 열었다.

"사람 죽이는 일이라면 늘 환영합니다, 주인 나리."

"어라? 인육이 아니라 사람 죽이는 거야? 뭐, 그것도 나쁘지 않지."

도단귀가 고개를 끄덕이며 말했다.

"두 번 다시."

화군악은 도단귀를 노려보며 말했다.

"인육이라는 단어를 입에 올리지 마세요, 다들."

도단귀가 움찔거렸다. 화군악의 눈에서 뿜어져 나오는 살기에 절로 위압감을 느낀 것이다.

"예전에는 어떻게 살아왔는지 전혀 상관하지 않습니다. 하지만 내 하인이 된 이상, 인육이나 해(醢)는 절대 입에 올리지도 먹을 생각도 하지 마세요!"

시시간이 껄껄 웃으며 말했다.

"농담입니다, 농담. 어찌 사람이 사람을 잡아먹을 수

묘안(妙案) 〈95〉

있겠습니까? 아, 이야기가 나온 김에 간단한 내기나 한 번 할까요? 과연 우리가 사람을 잡아먹은 적이 있는지 말입니다."

"농담도 듣기 싫은 마당에 내기라니요? 내기도 할 게 있고 하지 않을 게 있습니다."

화군악의 서늘한 목소리에 시시간의 어깨가 절로 움츠러들었다. 화군악은 가볍게 한숨을 내쉰 다음 다시 표정을 풀고 이야기했다.

"만화원이라는 곳입니다. 수천 평에 달하는 장원인데 나는 지금 곧바로 그곳으로 쳐들어가 만화원의 주인인 노야라는 작자를 만나 볼 생각입니다."

단지 그 말만 듣고서도 모든 걸 이해했다는 듯이 노로통이 고개를 끄덕이며 말했다.

"그러니까 주인 나리가 노야인가 뭔가 하는 자를 쉽게 만날 수 있도록 우리가 사방에서 난동을 부리면 되는 거군요."

"맞습니다. 나는 정문으로 들어갈 터이니 여러 어르신은 후문 쪽에서 앞을 가로막는 자는 무조건 죽이시면 됩니다. 아, 만화원에는 오늘 어르신들이 정사를 나눴던 계집들보다 몇 배는 아름다운 처녀가 수백 명이나 있다고 합니다."

"오호라! 그야말로 꿩 먹고 알 먹는 일이군그래!"

"좋아. 그럼 누가 가장 많이 죽이고 또 가장 많이 계집들과 잘 수 있나 내기할까?"
"그것 좋지. 그런데 뭘 걸고 내기할까?"
강호오괴가 진지하게 고민하고 있을 때, 화군악이 그럴 줄 알았다는 듯이 웃으며 입을 열었다.
"은자 삼백만 냥, 어떻습니까?"

3. 천만다행(千萬多幸)

인육 운운하는 소리에 강만리나 장예추, 모용현아 등은 눈살을 찌푸리며 강호오괴를 돌아보았다. 그러나 강호오괴는 그게 무슨 대수냐는 눈빛으로 그들의 시선을 마주했다.
'정말 골치 아픈 자들을 데리고 왔구나.'
강만리는 속으로 혀를 내두른 후 화군악을 향해 말했다.
"네 책임이 크다."
화군악은 그 말의 의미를 이해했다는 듯 고개를 끄덕였다.
"네. 최대한 족쇄를 풀지 않을 생각입니다."
"그래야지. 그래서, 노야라는 자는 만나 보았느냐?"

"물론이죠."

화군악은 싱글거리며 다시 이야기를 이어 나갔다.

* * *

강호오괴는 확실히 강했다.

그들은 누구보다 빨리 움직일 수 있었으며, 무엇이든 잡아 뺄 수 있는 괴력을 지녔다.

딱히 특별한 무공이라고 할 것도 없이, 제 앞을 막는 자가 있으면 예의 그 사지분시(四肢分屍)처럼, 순식간에 그에게 달려가 살아 있는 머리와 팔다리를 통째로 뽑아 버리는 것으로 앞길을 열었다.

만화원에는 수백 명의 무사가 있었지만 강호오괴가 그렇게 십여 명의 머리를 뽑아 들고 팔다리를 아무렇게나 휘둘러 대자, 그야말로 혼비백산하여 더는 그 앞을 가로막지 못했다.

만화원의 모든 병력이 후문 쪽으로 쏠렸을 때, 화군악은 느긋하게 정문으로 들어섰다.

강호오괴가 소란을 피운 덕분에 정문에서 중문, 내문으로 이어지는 길의 경비는 불과 수십 명밖에 되지 않았다. 화군악은 그들이 고함을 내지르거나 비명을 지를 새도 없이 목을 베고 심장을 찔렀다.

순식간에 그는 노야의 처소, 천운헌에 당도했다.

노야에게 있어서는 최악의 상황이었다. 그의 심복들이자 가장 뛰어난 무공을 지닌 삼결(三結)은 노야가 맡긴 임무를 수행하기 위해서 만화원을 떠나 있었다.

만약 그들이 이곳에 있었더라면 화군악이 이토록 수월하게 천운헌까지 무혈입성할 수는 없었을 것이었다.

화군악은 다짜고짜 천운헌의 대청에 올라 주위를 둘러보았다. 복도를 따라 난 방 한 곳에서 여인들의 음탕한 교성이 들려왔다.

화군악은 거침없이 그 방으로 걸어가 문을 활짝 열었다. 대략 사오 평은 되는 거대한 침상에는 십여 명의 아리따운 소녀들과 한 명의 노인이 한데 뒤섞인 채 꿈틀거리며 온갖 음란한 행동을 벌이고 있었다.

실오라기 하나 걸치지 않은 그들은 낯선 침입자가 문을 열고 들어서는 것도 전혀 모른 채, 땀을 번들거리며 연신 교성과 신음을 뿌리고 있었다. 살과 살이 부딪치며 나는 철썩거리는 소리가 파도처럼 이어지고 있었다.

화군악은 군혼을 든 채 우뚝 서서 잠시 그 광경을 지켜보다가 어느 한순간 노인을 향해 다가갔다. 때마침 노인은 세 명의 소녀로부터 한껏 음기를 빨아들이던 참이었다.

두 눈을 꼭 감은 채 자신의 입과 항문, 생식기를 통해 소녀들의 음기를 빨아들이던 노인, 노야는 문득 뒷덜미가 싸한 느낌에 화들짝 놀라며 두 눈을 부릅떴다.

 바로 그의 코앞으로 검날이 박힐 듯 가까이 있었다.

 "헉!"

 노야는 저도 모르게 헛바람을 집어삼켰고, 그 순간 빨아들이던 음기가 역류하며 진기가 진탕했다. 하마터면 주화입마에 빠질 뻔한 상황이 되고 말았다.

 채음보양술이나 채양보음술은 결코 쉽거나 간단한 술법이 아니었다. 그 술법 모두 타인의 음기와 양기를 빨아들이는 만큼 기본적으로 운기조식이 필요한 술법이었다.

 그런 까닭에 외부의 영향으로 인해 자칫 기맥이 뒤틀리거나 진기가 역류, 진탕하는 순간, 언제든 주화입마에 걸릴 위험이 내재되어 있었다. 바로 지금 노야처럼.

 노야는 황급히 진기를 억누르고 제자리로 돌리려 했다. 그렇게 진기를 안정시키자마자 곧바로 이 낯선 침입자를 응징하려는 게 그의 의도였다.

 하지만 화군악은 전혀 그 틈을 주지 않았다. 노야가 주화입마의 상황에 부닥친 걸 눈치챈 그는 이내 환호작약(歡呼雀躍)하며 그대로 노야의 혈을 짚었다.

 "이게 웬 횡재냐? 이렇게 간단하게 해치울 줄은 꿈에도 몰랐다!"

 노야도 만만치 않았다. 화군악이 혈을 제압하려는 순

간, 진기가 역류하는 걸 무릅쓰면서 역습을 가하려 했다.

그러나 애당초 노야는 화군악의 상대가 되지 않았다. 화군악의 날렵한 손길에 의해 양쪽 어깨의 혈도를 제압당한 노야는 벌거벗은 개구리처럼 납작 엎드려야 했다.

하기야 노야는 장사꾼이었다. 그의 채음보양술은 내공의 상승이 목적이 아닌 회춘에 중점을 두고 있었다. 그렇기에 매일처럼 쉬지 않고 음기를 빨아들였음에도 불구하고 그의 무공은 생각보다 그리 높지 않았다.

잔뜩 긴장하고 있던 화군악이 저도 모르게 피식 실소를 흘렸다.

"이거야 원. 하도 노야, 노야 해서 적잖이 긴장하고 있던 내가 바보처럼 느껴지네."

눈동자가 까뒤집힐 정도의 황홀한 열락(悅樂)에 빠져 있던 소녀들은 뒤늦게 화군악의 존재를 알아차리고는 새된 비명을 내지르며 침상 한쪽으로 우르르 몸을 피했다.

그녀들은 벌거벗은 몸을 채 가리지도 못한 채 오돌오돌 떨면서 새파랗게 질린 얼굴로 화군악을 쳐다보았다.

"조용히만 있으면 죽이지는 않으마."

화군악은 미소를 머금고 말했다. 소녀들은 황급히 입을 다물었다.

"그래야지."

화군악은 다시 노야를 내려다보며 입을 열었다.

"어떤가? 그토록 찾던 내가 직접 방문했는데."

노야가 입을 열다가 한 움큼의 검붉은 피를 울컥 토했다. 진기가 역류한 상황에서 황급히 몸을 움직이다 보니 내상을 입은 것이었다.

한참이나 쿨럭거리며 잔기침을 하던 노야는 겨우 진정한 듯 입을 열었다.

"내가 누구인지 아느냐?"

"어허, 이런. 그럼 당신이 누구인지도 모르고 찾아온 것 같나?"

"나는 무창의 노야다."

"허어, 안다니까. 알고 찾아왔다니까. 그럼 노야는 내가 누구인지 알겠어?"

"화군악 이놈……."

노야는 이를 갈며 말했다. 화군악은 기특하다는 듯 노야의 뒤통수를 쓰다듬으며 말했다.

"그래, 잘 아는군. 날 찾고 있었다면서? 기다리다가 지쳐서 직접 찾아왔지. 어떤 대단한 분이 그리 나를 찾나 했더니 이거야 원, 색에 환장한 늙은이에 불과하잖아? 잠시 기대하고 설렜던 내가 부끄러워질 정도라니까."

노야는 분노를 다스리며 호흡을 가다듬었다. 그래서였을까. 확실히 평온해진 목소리로 다시 말했다.

"이럴 게 아니라 제대로 앉아서 얼굴을 보고 이야기하

세. 아직도 나는 자네의 얼굴을 보지 못했네."

노야는 침상에 납작 엎드린 모습이었고 화군악은 그 곁에 쭈그려 앉아 있었으니, 확실히 노야는 그의 얼굴을 볼 수 없었다.

화군악이 웃으며 말했다.

"굳이 볼 게 뭐 있나? 내 얼굴이라면 마을 방문에 다 걸려 있으니 그걸 보면 될 거야. 그래, 날 찾은 이유가 뭔가?"

"명성 자자한 무림오적 중 한 명이 아닌가? 예까지 왔으니 정성을 다해 자리를 마련하고자 했을 뿐이네. 결코 내가 이런 대접을 받을 상황이 아니네."

노야는 그럴듯하게 거짓말을 하며 경비 무사들이 나타나기만을 기다렸다.

"여유만 있다면 당신의 그 거짓말이 어디까지 이어질까 듣겠지만, 아쉽게도 나는 오늘 밤 이곳을 떠나야 하거든. 게다가 노잣돈도 부족하고. 그러니 단도직입적으로 묻지. 당신의 그 수많은 재산, 어디에 숨겼나?"

* * *

"그럼 저것들이……."

강만리는 강호오괴가 짊어진 제 몸뚱어리만큼 커다란

짐들을 둘러보며 입을 열었다.

 화군악이 고개를 끄덕이며 재빨리 말을 받았다.

 "맞아요. 노야에게 받아 온 노잣돈입니다. 일일이 다 확인하지는 않았지만 그래도 대략 황금 백만 냥은 되지 않을까 싶어요."

 화군악은 자랑스레 어깨를 으쓱거렸다.

 "화, 황금 백만 냥?"

 모용현아가 더듬거렸다. 장예추와 섬예도 놀라 입을 다물지 못했다.

 "허어."

 강만리도 한참이나 탄성을 흘리다가 겨우 정신을 차리고 물었다.

 "노야는?"

 "죽일 생각은 없었는데…… 죽었죠."

 화군악은 노야가 얼마나 처절한 고문을 당한 끝에 죽었는지는 굳이 말하지 않았다.

 물론 화군악이 말하지 않더라도 사람들 모두 충분히 짐작할 수 있었다. 노야 정도 되는 장사꾼으로부터 황금 백만 냥이라는 거액의 물건을 받아 내는 건 결코 간단한 일이 아니었으니까.

 화군악은 계속해서 말했다.

 "하지만 그 바람에 조금 시간이 지체되었거든요. 그 노야라는 늙은이가 질겨도 어느 정도 질겨야지 말입니다. 무려 이틀 동안 수백 차례의 고문…… 질문을 해서 겨우 찾아냈거든요, 보물 창고를요."

 이틀은 아주 긴 시간이었다. 노야의 명령을 받고 만화원을 벗어났던 삼결이 돌아오기에는, 뒤늦게 보고를 받은 건곤가에서 정예 고수들을 무창으로 보내기에는, 또 화군악의 뒤를 쫓아 무창에 집결하던 무림인들의 수가 천 명이 넘기에는 이틀이라는 기간은 아주 충분한 시간이었다.
 강호오괴와 함께 보물창고를 뒤지던 화군악은 공 노대가 보낸 사람들에 의해 그곳에서 끌려 나와야만 했다.
 "남은 건 공 노대께서 보관하실 겁니다. 지금 무창을 떠나지 않으면 평생 떠나지 못하게 됩니다."
 그들의 간곡한 설득과 협박에 화군악은 아쉬움을 뒤로 한 채 무창을 떠났다.
 하지만 아무도 모르게 자취를 감추기에는 이미 때가 늦었다. 화군악 일행이 만화원을 벗어나자마자 당도한 삼결과 수백 명의 무사들은 살아남은 자들로부터 화군악과 강호오괴의 인상착의를 파악했고, 그 길로 곧장 화군악 일행을 뒤쫓기 시작했다.
 또한 무창에 집결해 있던 천여 명의 무림인들에게 화군

악의 존재와 행적을 알려서 그들 또한 화군악 일행의 뒤를 쫓게 했으며, 한편 건곤가의 정예 부대와의 연락을 통해 화군악이 도망치는 길을 선점하고자 했다.

삼결은 저마다 개성이 강했다. 머리를 쓰는 건 우결이 뛰어났고, 중결은 친화력이 좋아서 만화원의 대표 역할을 맡았다.

무위가 가장 뛰어난 좌결은 평소 노야의 측근에서 벗어나지 않았는데, 노야의 마지막 명령을 수행하느라 잠시 자리를 비운 틈에 이런 불상사가 벌어지고 말았다.

"반드시 죽여서 노야의 원수를 갚겠다."

삼결은 그렇게 이를 악물고 화군악을 뒤쫓았다. 화군악은 요리조리 포위망을 뚫고 헤쳐 가면서 무창에서 개봉부, 북경부를 지나 마침내 유주에 이르렀다.

하지만 어찌 된 영문인지 그렇게 도주하는 와중에, 시간이 흐르는 와중에 화군악을 뒤쫓는 무림인의 수는 점점 더 늘어나고 있었다.

워낙 화군악이 도주하는 속도가 빠른 까닭에 어중이떠중이들은 이미 다 뒤처지고 포기한 상황이었다. 그러니 유주를 지나 관동까지 쫓아온 이들은 강호 무림에서도 다들 한가락 하는 고수들이었다.

"그런 고수가 이삼천이라고?"

강만리가 혀를 내두르며 화군악을 노려보았다. 도대체 이 말썽꾸러기를 어찌해야 좋단 말인가.

가뜩이나 동쪽 저편에서 달려오는 수만 여진족 무리에 골치가 지끈거리는 상황인데 거기에다가 이삼천 명의 무림 고수까지 등장하다니.

화군악은 장난꾸러기처럼 씨익 웃으며 말했다.

"그래서 얼른 이곳을 떠나자고 한 게 아닙니까? 그래도 아직은 하루 이틀 정도 여유가 있으니, 우리가 최대한 빨리 도망친다면 북해빙궁까지는 무사히······."

그렇게 말하던 화군악은 문득 세 대의 수레를 돌아보고는 한숨을 내쉬었다.

비록 말이 끈다고는 하지만 수레는 마차와 달리, 빠르게 질주할 수 없었다. 수레의 속도를 생각한다면 북해빙궁 근처에도 가지 못하고 놈들에게 뒤를 잡힐 것이다.

"차라리 수레를 버리는 게······."

화군악이 그렇게 입을 열 때였다.

난감한 얼굴로 계속해서 엉덩이만을 긁적거리던 강만리의 눈빛이 일순 번개처럼 번쩍였다. 가만히 지켜보고 있던 장예추도 눈빛을 빛내며 물었다.

"좋은 묘안이라도 떠오르셨습니까?"

"좋은 묘안이라고까지 할 건 아닌데······."

강만리는 천천히 고개를 끄덕이며 입을 열었다.

"그래도 천만다행으로 이 곤란한 상황을 타개할 정도는 되는 것 같군."

4장.
패륵(貝勒)

모용세가 사람들만의 고유한 성격이었다.
활달하고 거침이 없으며 순간순간의 분위기에 휩쓸리는 한편,
한 번 고양된 정신은 철혈(鐵血)의 투혼(鬪魂)을 발휘한다.
그리고 그 철혈의 투혼은 가진 힘 이상의 결과를 내기도 했다.
어찌 보면 여진족 무리와도 흡사하다 볼 수 있었다.

패륵(貝勒)

1. 철혈(鐵血)의 투혼(鬪魂)

화군악의 이야기가 끝난 후 강만리는 곧바로 자신들의 상황을 간략하게 설명했다. 그가 모용세가에서 무슨 일이 있었는지 이야기할 때 화군악은 모용현아를 힐끗거리며 속으로 투덜거렸다.

'쳇! 공식적으로 두 명의 마누라를, 그것도 비록 나이는 들었지만 저렇게 아름다운 마누라를 얻게 되다니. 정말 부럽다, 예추.'

이 당시 대부분의 일반 여염집 처자들은 대략 열대여섯 나이에 혼인하고, 스무 살이면 노처녀 소리를 듣는 시절이었다.

물론 강호의 여협들은 그보다 조금 늦게 혼인을 하지만 그래도 이십 대 중반이면 다들 혼인하거나 혹은 자신의 짝을 만든다. 서른 살 내외는 확실한 노처녀였고, 좀처럼 첩이나 후처 자리도 나지 않는 연령대였다.

모용현아도 어느덧 서른 살 언저리로 접어들고 있었다. 이십 대 시절의 꽃보다 아름답던 미모도 세월이 지나며 고개를 숙였고, 탱탱하던 피부 역시 어느새 퍼석거리기만 했다.

어디 세월의 탓뿐이겠는가.

거듭된 수련으로 거북 등처럼 단단해진 피부, 굳은살이 박인 손과 발, 그리고 당연히 피부나 건강에 좋을 리 없는 오랜 폐관 수련은 심지어 그녀의 머릿결마저 상하게 만들었다.

그럼에도 불구하고 모용현아는 여전히 아름다웠다. 커다란 눈과 오뚝한 코는 이국적인 매력을 뿜어냈고, 늘씬늘씬한 팔과 다리는 그녀의 몸매를 더욱 돋보이게 해 주었다.

무엇보다 삼십 대의 여인만이 보여 줄 수 있는 퇴폐적이고 관능적인 매력이 그녀의 눈과 표정, 몸짓 하나하나에서도 고스란히 배어 나왔다.

화군악이 그렇게 모용현아의 미모에 혹해 곁눈질하고 있을 때, 강만리의 이야기는 지금 자신들이 처한 상황에 이르렀다.

 수만의 여진족 무리가 동쪽에서 빠르게 진격해 오고 있다는 말에 화군악은 퍼뜩 정신을 차렸다.

 수만의 여진족이라니! 한갓 여인의 미모에 혹해 있을 때가 아니었다.

 "그럼 바로 대사형께 알려야 하는 거 아닙니까?"

 다급한 어조로 말하는 화군악의 뇌리에 황태자 주완룡의 얼굴이 떠올랐다. 황후의 기묘한 행동으로 인해 골치를 아파하면서도 화군악과 대화를 나눌 때는 언제나 잔잔한 미소를 머금던 주완룡의 얼굴이.

 "알리는 것도 알리는 거지만 우선은 어떻게든 우리 힘으로 그들의 진격을 저지하고, 또 그들의 군대를 와해해야 한다. 어쨌든 이번 사태는 종리군이라는 무림인이 만들어 낸 거니까 당연히 무림인이 해결해야지."

 강만리의 대답에 화군악은 저도 모르게 장예추를 돌아보았다. 장예추의 표정은 변함이 없어서 그가 무슨 생각을 하고 있는지는 쉽게 알 수 없었지만 꽤 자책하고 있는 것만큼은 분명해 보였다.

 화군악은 다시 강만리를 돌아보며 말했다.

 "대사형께 연락을 취하는 건 생각보다 간단한 일입니다. 유랑객잔의 풍보 주인장에게 사람을 보내면 되니까요. 풍보 주인장이 북경부의 지인과 전서구나 전서응을 통해 빠르게 연락을 주고받더라고요."

"흠, 그렇다면 확실히 일이 조금 편해질 것 같군. 황태자께 보낼 전서의 내용도 생각해 두어야겠다."

"그런데 아까 말씀하시기를 이 상황을 타개할 묘안이 있다고 하셨잖습니까?"

"그렇지."

"도대체 무슨 묘안인지 이제 슬슬 이야기해 주실 때가 되지 않았습니까?"

"원래 병법에서 가장 좋은 계략이 바로 싸우지 않고 승리하는 방법이 아니겠느냐?"

강만리의 말에 화군악이 그제야 알아차린 듯 무릎을 치며 말했다.

"옳거니! 바로 이이제이(以夷制夷)인가 뭔가 하는 계획이로군요."

"맞다."

"흐음, 내가 꼬리처럼 달고 온 수천 명의 무림 고수라면 충분히 수만 여진족과 싸울 수 있을 거고, 누가 지고 이기든 우리에게는 아무런 상관이 없는 일이고……. 무엇보다 그들이 서로 싸우는 동안 황태자께 연락을 취해 따로 준비하고 대비할 수 있는 시간을 벌 수 있다는 거네요."

"그렇지. 이제 너도 조금 머리가 돌아가는 것 같구나."

"에이, 그건 또 무슨 말씀이세요. 솔직히 말하면 임기응변이나 재치 같은 건 제가 형님보다 낫죠."

"무슨 헛소리."

강만리와 화군악이 평소처럼 말다툼하기 시작하자 가만히 듣고만 있던 모용현아가 싸늘한 눈빛으로 그들을 바라보며 말했다.

"장난은 그 정도만 하시고 어떻게 그들을 싸우게 할지 논의해야 하지 않겠어요?"

강만리와 화군악은 머쓱한 표정을 지으며 헛기침을 했다. 화군악은 모용현아 모르게 장예추를 돌아보며 입을 뻥끗거렸다.

장예추는 저도 모르게 쓴웃음을 흘렸다. 입 모양만으로 화군악이 무슨 말을 하는지 알아차렸던 까닭이었다.

'너, 앞으로 잡혀 살겠다.'

대충 그런 의미이리라.

장예추는 모용현아를 돌아보았다.

그녀는 살짝 낯을 찌푸린 채 강만리만 쳐다보며 그의 입이 열리기를 기다리고 있었다. 하나에 집중하면 주위는 전혀 눈에 들어오지 않는, 장예추가 알고 있던 모용현아의 모습 그대로였다.

강만리는 재차 헛기침을 하며 입을 열었다.

"허험. 어떻게 그들을 싸우게 할지는 생각보다 간단하

오. 또 과거 담 형님과 예추가 사용했던 전략이기도 하고."

모용현아는 장예추를 돌아보았다. 장예추는 침착한 표정으로 말했다.

"사천 성도부에서 무적가와 철목가가 서로 싸우게 만들어 양패구상하게 만든 경험이 있기는 합니다만, 그때는 날씨까지 우리를 도와줬습니다."

한 치 앞을 제대로 볼 수 없을 정도로 자욱하게 깔린 안개의 역할이 컸다. 그 안개 속에서 담우천과 장예추, 그리고 황계의 무사들이 동에 번쩍 서에 번쩍하면서 무적가와 철목가를 교란했고, 그로 인해 두 가문은 서로를 무림오적의 부대로 오인한 채 전력을 다해 싸움을 벌였다.

만약 그런 안개가 자욱하게 깔리지 않는다면, 화군악을 뒤쫓던 무림 고수들이 굳이 수만의 여진족 무리와 싸울 리가 없었다. 그들의 목적은 어디까지나 수백만 냥에 달하는 화군악과 무림오적의 현상금이었으니까.

"그렇기는 하지. 무림 고수들에게 애국심이 있어서 우리 영토를 침범하려는 여진족과 맞서 목숨을 걸고 싸울 거라는 보장은 없으니까."

강만리는 고개를 끄덕이며 말을 이었다.

"하지만 무림인들에게는 애국심이나 목숨보다 더 큰 자존심이라는 게 있지. 그 자존심만 제대로 건드릴 수 있다면 충분히 수만, 아니 수십만 대군과도 맞서 싸울 거야."

"어떻게 자존심을 건드릴 건데요?"

이번에도 모용현아가 기다리지 못하고 물었다. 강만리는 어깨를 으쓱거리며 말했다.

"그보다 먼저 패를 좀 나눠야겠소."

"네?"

"우선 수레와 함께 몇몇 사람들은 북해빙궁으로 곧장 이동하도록 합시다. 모용 소저를 비롯한 모용세가 사람들까지 이 싸움에 휘말리게 할 수는 없으니까."

강만리는 장예추를 돌아보며 계속해서 말했다.

"너는 모용 소저를 안내하여 북해빙궁으로 돌아가도록 해. 그리고 그곳에서 만일의 대비를 철저히 하고."

장예추가 머뭇거리다가 "알겠습니다."라고 대답하려는 순간, 이번에도 모용현아의 말이 더 빨랐다.

"싫어요."

모용현아의 어눌하고 답답하며 듣기 거북한 목소리가 단호하게 들려오자 사람들이 모두 그녀를 돌아보았다.

그녀는 기백(氣魄)이 가득한 얼굴로 말했다.

"무림인들에게 애국심이 있는지 없는지는 모르겠지만 우리 모용세가 사람들에게는 확실히 있어요, 애국심이라는 게."

그녀의 말에 조금 떨어진 곳에서 귀를 기울이며 엿듣던

모용세가 사람들이 일제히 고개를 끄덕이며 소리쳤다.

"아가씨 말씀이 맞습니다! 우리는 나라를 위해서 목숨을 버릴 각오가 되어 있습니다!"

강만리는 가볍게 눈살을 찌푸렸다.

모용세가 사람들만의 고유한 성격이었다. 활달하고 거침이 없으며 순간순간의 분위기에 휩쓸리는 한편, 한 번 고양된 정신은 철혈(鐵血)의 투혼(鬪魂)을 발휘한다.

그리고 그 철혈의 투혼은 가진 힘 이상의 결과를 내기도 했다. 어찌 보면 여진족 무리와도 흡사하다 볼 수 있었다.

"그러니 우리를 짐이나 손님 취급하지 않으셨으면 해요. 우리도 충분히 이 나라를 침범하는 적과 맞서서 싸울 힘과 능력이 있으니까요."

모용현아의 말에 모용세가 사람들이 일제히 함성을 터뜨렸다.

강만리는 내심 고개를 갸웃거렸다.

'사실 따지고 보면 모용세가도 이민족(異民族)이라 할 수 있는데…… 이제는 과거의 영광을 지워 버린 걸까?'

모용세가는 선비족(鮮卑族)의 한 갈래로, 돌궐(突厥)의 혈통을 이어받아 가끔 금발(金髮) 벽안(碧眼)의 용모를 지닌 자가 태어나기도 했다. 모용현아의 저 이국적인 미모 역시 바로 그러한 영향이라 할 수 있었다.

어쨌든 선비족은 과거 중원을 침공하여 연나라를 세우기도 했는데, 이제는 그러한 옛 역사를 지우고 완벽하게 대륙의 일원이 되어 버린 모양이었다.

 강만리는 잠시 생각하다가 천천히 입을 열었다.

 "알겠소. 정 뜻이 그러하다면야 어쩔 수 없겠지. 같이 힘을 모아 이번 일을 제대로 성사하도록 합시다."

 모용현아의 눈빛이 밝게 빛났다.

 ### 2. 거런 알라흐!

 이천여 고수들이 종대(縱隊)를 이룬 채 마치 거대한 물줄기처럼 산허리를 넘고 있었다.

 강호의 일류 고수 정도 되는 실력이라면 말이 질주하는 속도를 충분히 따라잡을 수 있는 경공술을 펼칠 수 있었다. 족력(足力)이 뛰어나거나 혹은 경공술에 남다른 조예가 있는 자들은 말보다도 빠르게 달릴 수도 있었다.

 하지만 온종일 말과 함께 달려서 이길 수 있느냐 하면 그건 또 아니었다. 하루가 아닌 닷새, 열흘이라면 더더욱 그 차이는 벌어질 수밖에 없었다.

 일류 고수의 내공은 말의 체력을 앞설 수 없었다. 내공이 절정에 이른 고수가 아닌 한, 일류 고수의 내공은 무한대로 샘솟지 않았다. 경공술을 펼치다 보면 내공이 부족해질 수밖에 없고, 운기조식을 해서 다시 내공을 채워야만 했다.

물론 말의 체력도 무한하지는 않았으나, 구할 수만 있다면 말은 언제든지 갈아탈 수가 있었다.

지금 유주를 지나 북해로 이르는 산허리를 넘는 이 무림인들은 무창에서부터, 혹은 개봉부에서부터 혹은 북경부에서부터 화군악을 뒤쫓아 달려온 자들이었다.

무려 한 달간의 긴 추격전이었다. 경공술이 부족하거나 내공이 얕은 고수들은 그 한 달이라는 기나긴 시간을 버티지 못하고 중도에서 포기하거나 혹은 뒤늦게 말을 구하여 이 거대한 구렁이처럼 길게 이어진 추격대의 뒤를 따르고 있었다.

나름대로 경공술에 자신이 있는 고수들은 굳이 말을 타지 않고서 여전히 추격대에 합류한 채 몸을 날리는 중이었다. 지친 기색이 역력하기는 했지만 그래도 그들에게는 아직 버틸 수 있는 체력과 내공이 남아 있었다.

길게 이어진 추격대의 선두는 수백 필의 말을 탄 고수들이 차지하고 있었다.

물론 그들 또한 말보다 빠르게 달릴 자신감과 무위를 지니고 있었지만, 그렇다고 함부로 내공을 소모할 생각은 전혀 없었다.

그들 대부분은 화군악의 무서움을, 아니 무림오적의 힘을 제대로 알고 있었다. 그렇기에 놈들과 싸우기 전까지 최대한 체력을 보존하고자 했다.

 하지만 선두에서 말을 달리는 절정의 고수 중에서도 화군악이나 무림오적을 처음 들어 보는 이들도 적지 않았다.

 "오 형도 오셨구려!"

 반가워하는 목소리와 함께, 무심한 표정으로 말을 달리던 중년인의 곁으로 문득 말 한 필이 다가왔다.

 오 형이라 불린 중년인이 고개를 옆으로 돌렸다. 그와 비슷한 연배의, 청수한 문사풍(文士風)의 중년 사내가 활짝 웃고 있었다.

 "낙수(洛水)에서 아쉬운 작별을 하고 처음인 것 같으니 도대체 이게 몇 년 만에 뵙는 것이오?"

 오 형이라 불린 자가 살짝 놀랐다는 표정을 지으며 입을 열었다.

 "장 형이 웬일이오, 예까지?"

 중년 문사가 대꾸했다.

 "중원의 평화를 어지럽히는 작자들이 나타났다고 해서 얼마나 대단한 친구들인지 한번 얼굴이나 보러 따라왔소이다. 허허, 이렇게까지 멀리 달아날 줄 알았다면 처음부터 관여하지 않았을 테지만……."

"실은 나도 괜히 발을 디뎠다고 후회 중이오. 건곤가에서 사람을 보내 부탁만 하지 않았더라도 이런 고생을 하지 않았을 것이오."

"알고 보니 건곤가에서 초빙했구려. 하기야 이런 일에 산서 최고의 철권(鐵拳)을 초빙하지 않으면 또 누구를 초빙하겠소이까?"

"어허, 산동(山東)에서 가장 유명한 고수께서 그리 말씀하시면 아니 되오."

두 중년 사내가 그렇게 덕담을 나눌 때, 그들의 주변에서 말을 달리던 자들이 가까이 다가와 인사를 건넸다.

"알고 보니 산서제일권(山西第一拳) 오 대협과 문무쌍절(文武雙絕) 장 대협이 아니시오? 인사가 늦었소이다. 우리는 하북칠의(河北七義)라고 하오이다."

"오오, 의기(義氣)는 하늘에 닿고 협행(俠行)은 십팔만 리를 뒤덮는다는 하북칠의셨구려. 이거 참, 이렇게 인사를 나누게 되는구려."

그들은 서로 말을 탄 채 손을 모아 수인사를 나눴다.

그들 뿐만이 아니었다. 말을 타고 달리던 다른 고수들 또한 서로 인사를 나누면서 안면을 익히고 연을 쌓았다.

세상이 아무리 넓다 한들 세 사람만 거치면 모르는 사람이 없다고 했다. 특히 이들 정도의 고수가 되면 자신의 지인이 상대의 지인이 되었다. 또 얼굴은 몰라도 서로의 별호나 이름 정도는 익히 들어 알고 있었다.

그런 까닭에 그들은 쉽게 친해질 수가 있었다. 무엇보다 그들은 무림오적과 화군악이라는 공통된 적을 쫓는 중이었다.

물론 은자 수백만 냥의 현상금도 대단하기는 했지만, 어쨌든 하북칠의나 문무쌍절 정도 되는 거물들에게 있어서는 무림을 어지럽히는 살인귀들을 제거하겠다는 대의가 더 중요했다.

밤이 찾아왔다. 사방이 어두워지자 더는 말을 달릴 수가 없었다.

대지 위에 내려앉은 희미한 달빛 덕분에 무림의 절정고수들은 어느 정도 사물을 분간할 수는 있었지만, 그들을 태운 말은 그렇지 않았다. 행여 나무나 수풀에 발이 걸려 쓰러지기라도 한다면 앞으로 꽤 곤욕을 치를 수밖에 없었다.

그건 그들이 쫓고 있는 화군악도 마찬가지일 것이다. 이 어둠 속에서, 그것도 산길에서 말을 달리는 건 그야말로 미치광이나 할 법한 일이었다.

"그렇다고 말을 버리고 도망치지는 않을 것이오. 어쨌든 북해빙궁이 놈의 목적지라면 반드시 말은 필요할 테니까."

산서제일권이 모닥불을 피우며 말하자 문무쌍절이 고

개를 갸웃거리며 물었다.

"놈의 목적지가 북해빙궁이었소?"

나무를 구해 함께 모닥불을 피우던 하북칠의도 놀란 표정을 지었다.

"북해빙궁이 무림오적이라는 자들의 배후였소?"

"으음, 북해빙궁과 오대가문의 사이가 좋지 않다는 거야 예전부터 널리 알려진 사실이었지만 그래도 이렇게 노골적으로 적의를 드러내다니……."

사람들의 반응에 산서제일권을 가볍게 이맛살을 찌푸리며 입을 열었다.

"너무 속단하지들 마시구려. 북해빙궁과 무림오적의 관계가 어떤 것인지는 나도 잘 모르오. 그저 며칠 전 건곤가 사람들과 잠시 대화를 나누던 중에 들었을 따름이오."

마침 문무쌍절이 봇짐에서 육포를 꺼내 사람들에게 돌리는 중이었다.

세세한 준비나 대책을 세울 것도 없이 시작된 추격전이 무려 한 달이나 이어지고 있었다. 대부분의 무림인은 이렇게 장기전이 될 거라고 전혀 상상조차 하지 못했다.

물론 중간중간 마을의 객잔을 찾아서 먹을 것과 마실 것을 준비하기는 했지만 당연히 그것만으로는 부족했다. 문무쌍절이 지금 이렇게 건네주는 육포가 고맙고 귀한 건 너무나도 당연한 일이었다.

하북칠의나 산서제일권 모두 감사의 예를 표하며 육포를 받아 들었다.

문무쌍절은 육포 한 점을 입에 넣고는 잠시 생각하다가 입을 열었다.

"예까지 오는 동안 보아하니 대충 건곤가 무사들의 수가 이백은 확실히 넘어 보이더구려. 화군악이라는 자에 의해 주인을 잃었다는 만화원에 이어 두 번째로 많은 수의 무사들을 보낸 듯한데…… 재미있는 건 다른 사대가문의 사람들은 전혀 보이지 않는다는 것이오."

"설마 한 명도 오지 않았을 리가요. 또한 아무래도 건곤가보다는 먼 곳에 있다 보니 출발도 늦었을 테고…… 아마도 지금쯤 유주까지는 왔을 겁니다."

하북칠의의 말에 문무쌍절은 고개를 갸웃거리며 말했다.

"멀다고 해 봤자 항주의 철목가나 천자산의 무적가 정도나 며칠 더 걸릴 뿐, 금해가나 천왕가는 충분히 함께 움직일 수 있는 거리일 텐데 말이외다."

"흠. 그럼 장 형 말씀은 오대가문 사이에 뭔가 내분이 있다, 이 뜻이오?"

"건곤가 사람들도 보이고, 구파일방과 태극천맹의 고수들도 있었소. 그런데 사대가문 사람들의 모습이 보이지 않는다는 건 아무래도 뭔가 수상쩍지 않소?"

"뭐, 거기까지는 나도 모르겠소. 어쨌든 나는 그 화군악이라는 자와 무림오적만 상대하면 되니 말이오."

산서제일권의 말에 하북칠의들도 고개를 끄덕이며 동의했다.

"맞는 말씀이시오. 오대가문에 균열이 가든 그들끼리 내분을 일으키든 굳이 우리가 관여할 바는 아니지 않소이까? 그저 공적십이마 이후 다시 한번 무림의 공적으로 지목된 자들이 더는 살육극을 벌이지 못하도록 하면 될 것 같소이다."

"그렇구려."

문무쌍절은 길게 늘어뜨린 턱수염을 쓰다듬으며 힐끗 고개를 돌렸다.

산 아랫길에서 중턱으로 이어지는 길을 따라 수백 개의 모닥불이 줄을 지었다.

모닥불마다 관동의 매서운 추위를 피하려고 모여든 무림 고수들이 삼삼오오 불을 쬐며 이야기를 나누거나 혹은 얼마 남지 않은 육포나 벽곡단으로 허기를 때우고 있었다.

멀리서 늑대의 울음소리가 귀신의 호곡성(號哭聲)처럼 들려왔다. 세차게 부는 북풍은 연신 사람들의 옷자락을 펄럭였다. 무림 고수들은 저마다 옷깃을 세우고 몸을 움츠렸다.

 한겨울의 산중(山中), 그것도 북해로 이어지는 산중의 밤이었다. 일반 사람이라면 벌써 얼어 죽거나 적잖은 동상에 걸릴 정도로 추운 날씨였다.

 물론 이들은 하나같이 고강한 무공을 지닌 고수들이었으니 내공으로 어느 정도의 벽한보체(闢寒保體)는 할 수야 있었지만, 그래도 추위와 기갈(飢渴) 앞에서는 일반 사람들과 그리 다를 바가 없었다.

 "늑대라도 잡아먹어야 하나?"

 누군가 입맛을 다시며 중얼거리자 그 주위에 한바탕 웃음이 터져 나왔다.

 바로 그때였다.

 스팟!

 차가운 바람을 가르는 날카로운 파공성이 연달아 이어졌다. 어둠을 틈타, 세찬 바람이 휘몰아치는 상황을 기회로 누군가 야습을 시도한 것이었다.

 하지만 이곳에 모인 자들 모두 한 지역의 패자(霸者)와도 같은 고수들이었다. 희미한 파공성이 들리는 순간, 그들은 빠르게 무기를 꺼내 들어서 막거나 몸을 틀어 피했다. 놀랍도록 재빠른 반응이었다.

 순간적으로 수십 발의 화살이 날아들었지만 누구 하나 죽거나 다친 자가 없었다.

"누구냐!"

무림의 고수들은 자리에서 벌떡 일어나며 화살이 날아든 방향을 주시했다. 몇몇 고수들은 아무 말 없이 야조(夜鳥)처럼 몸을 날려 숲 안쪽으로 날아가려 했다.

순간, 중원 무림의 고수들이 전혀 이해할 수 없는 언어가 숲 저편에서 들려왔다.

"거런 알라흐!"

3. 동시다발적인 기습

"거런 알라흐!"

살기등등한 고함이었다.

동시에 십여 리 길게 늘어진 야영지 곳곳에서 비명이 터져 나왔다. 심지어 건곤가 무사들끼리 따로 자리를 잡은 야영지에서도 비명과 함께 병장기 부딪치는 소리가 울려 퍼졌다. 그야말로 동시다발적인 기습이었다.

"뭐냐?"

하북칠의가 화들짝 놀라며 자리에서 벌떡 일어났다. 그들이 뽑아 든 칼과 검이 희미한 달빛 아래 새파랗게 빛났다.

기변(奇變)은 게서 끝나지 않았다.

멀리서 수천 필의 말이 대지를 두드리며 달려오는 굉음이 들려왔다. 호랑이가 포효하고 곰이 울부짖는 소리도 들려왔다. 심지어 처녀 귀신의 귀곡성까지 저 어둠 속 숲 저편에서 들려오고 있었다.

온갖 요란한 소음이 귀를 어지럽히고 정신을 혼란케 했다. 이곳에서 야영하던 이들은 하나같이 무림의 고수들이었지만, 사방에서 들려오는 함성과 괴이한 소리에 놀라고 당황하여 허둥거렸다.

"여진족이로군."

문무쌍절이 눈살을 찌푸리며 중얼거렸다. 산서제일권이 그를 돌아보며 물었다.

"여진족의 말도 아오?"

문무쌍절이라는 별명답게 그는 가볍게 고개를 끄덕이며 대답했다.

"말할 줄은 몰라도 조금은 알아들을 수 있소."

"그럼 조금 전의 말이 무슨 뜻이오?"

"거런 알라흐! 모두 죽여라, 라는 말이오."

"음? 왜 우리를? 원래 여진족이 다 그렇게 호전적이오?"

"내가 공부하기로는 여진족이 성격 급하고 싸우기를 좋아한다고 알고 있지만 그래도 이렇게 처음 대하는 이들에게 기습할 정도까지는 아니라고 생각하오."

산서제일권의 물음에 그렇게 대답한 문무쌍절은 곧 숲

저편을 향해 크게 외쳤다.

"우리가 무슨 잘못을 저질렀다고 기습을 하는 것이냐?"

귀가 먹먹해질 정도로 쏟아지는 온갖 소음 속에서도 문무쌍절의 목소리는 어둠 저편을 향해 일직선으로 날아들었다. 여진의 무리 중에서도 한어(漢語)를 알아듣는 자가 있었는지, 곧 어눌한 한어의 대답이 숲 저편에서 우렁차게 쏟아졌다.

"이곳은 우리 울적합의 땅! 함부로 침입한 니칸은 모두 죽어야 한다!"

조금 전에 들려왔던 늙수그레한 목소리였다. 산서제일권이 헛웃음을 흘리며 중얼거렸다.

"자신들의 영역에 함부로 발을 디뎌서 이 소란을 피우는 건가? 아니, 애당초 협상을 하거나 타협을 할 여지도 주지 않고서……."

그들의 주변에서 가만히 엿듣고 있던 무림인들 중 한 명이 코웃음을 치며 말했다.

"흥! 그래 봤자 무공도 모르는 오랑캐들이오. 본보기 삼아 몇 명 죽이면 우리 강호인들이 얼마나 무서운지 깨닫게 될 것이오."

그의 말에 다른 이들 대부분이 고개를 끄덕이며 동의했다. 하지만 문무쌍절은 여전히 신중한 표정을 지으며 고개를 저었다.

"아니, 그러면 안 되오. 지금 우리를 기습한 자들이 얼추 백여 명은 될 것 같고 무엇보다 저 산 아래쪽에서 들려오는 말발굽 소리로 보건대, 최소한 수천의 무리가 이곳으로 달려오고 있는 것 같소. 자칫하다가 전쟁과도 같은 커다란 싸움이 벌어질 수 있소."

주변 무림인들의 얼굴이 딱딱하게 굳어졌다.

아닌 게 아니라 땅이 흔들리는 듯한 착각이 일 정도의 말발굽 소리가 저 멀리에서 이따금 들려오고 있었다. 말을 탄 이가 수천(數千)이라면 말을 타지 않은 이들은 수만(數萬)일 것이리라.

"그래 봤자 오랑캐에 불과하오."

코웃음을 쳤던 무림인이 애써 반발하듯 말했지만 이번에는 그의 말에 동조하는 자들을 찾아볼 수가 없었다.

물론 의기와 협의가 넘쳐흐르는 하북칠가 같은 이들도 있었지만, 사실 이곳에 있는 무림인 대부분은 화군악을 비롯한 무림오적의 현상금을 노리고 달려온 자들이었다. 굳이 여진족과 전쟁 같은 싸움을 벌일 이유가 없었다.

그때였다. 건곤가 진영에서 누군가 달려오더니, 문무쌍절을 향해 두 손을 모으며 빠르게 입을 열었다.

"건곤가 황기당(黃旗堂)의 당주이자 이번 추격의 책임을 맡은 사봉정(史奉正)이라고 하오. 문무쌍절께 부탁이 있어서 찾아왔소이다."

자신을 사봉정이라고 소개한 중년 사내는 주변 무림인들과의 인사를 생략한 채 거두절미, 본론을 이야기했다.

"조금 전에 보아하니 장 대협께서 여진의 무리와 대화가 되는 것 같더이다. 가능하시다면 그들을 설득하여 평화롭게 일을 진행할 수 있도록 해 주시면 정말 감사하겠소. 필요한 만큼의 은자도 우리 건곤가가 내겠소이다."

화군악을 뒤쫓는 추격대는 무려 십여 리에 달하는 산허리를 이어 가며 야영 중이었고, 병장기 부딪치는 소리와 고함, 함성, 비명이 곳곳에서 발발하고 있었다.

물론 건곤가가 추격대 전원의 안위까지 책임질 이유는 전혀 없었다. 그러나 이대로 마냥 손 놓고 있기에는, 무림오적의 현상금을 내건 주체로써 아무래도 마음이 편치 않았다. 무엇보다 무림오적과 싸우기도 전에 여진족과의 전투로 인해 괜한 전력을 소모할 필요는 없었으니까.

그런 사봉정의 내심을 읽은 듯, 혹은 그와 같은 의견이라는 듯 문무쌍절은 고개를 끄덕이며 말했다.

"최선을 다해 보겠소."

문무쌍절은 곧 어둠 저편을 향해 크게 소리쳤다.

"우리는 중원 무림의 공적을 뒤쫓고 있소이다! 미리 인사도 드리지 못하고 귀하의 영역에 발을 디뎌 놓은 것에 대해서는 그에 합당한 배상을 할 터이니, 이 정도에서 수하들을 물러나게 해 주시기 바라오!"

그러자 어둠 속 숲 저편에서 예의 그 늙수그레한 목소리가 들려왔다.

"합당한 배상이라면 뭘 말하는 건가?"

문무쌍절은 사봉정을 돌아보았다. 사봉정이 낮은 목소리로 소곤거렸다. 주변 무림인들의 눈이 휘둥그레졌다. 문무쌍절은 고개를 끄덕이고는 다시 소리쳤다.

"은자 십만 냥을 배상금으로 내놓겠소!"

주변의 모든 무림인이 놀란 표정을 지었다.

은자 십만 냥이라니, 역시 건곤가였다. 그 정도의 거액이라면 이 변방의 오랑캐들이 넙죽 절하며 물러날 게 분명했다. 그런 생각이 사람들의 표정에 고스란히 드러났다.

하지만 현실은 그렇지 않았다.

"푸하하하!"

어이가 없다는 웃음이 어둠 속에서 터져 나왔다. 그리고 동료 혹은 수하들로 짐작되는 이들의 웃음소리도 이어졌다. 한참이나 껄껄 웃던 여진족의 노인이 이내 매몰찬 어조로 소리쳤다.

"내가 누구인지 아느냐? 나는 울적합의 버일러 무두르다! 일만의 수하를 거느린 내가 그깟 은자 십만 냥을 받고 물러날 성싶더냐?"

무림인들의 얼굴이 딱딱하게 굳어지는 가운데 사봉정

이 문무쌍절을 돌아보았다.

"버일러는 곧 패륵(貝勒)을 뜻하오. 최소한 일만 명의 전사를 지휘하는 추장 중의 추장, 대추장이라오. 그리고 무두르는 저 늙은이의 이름인 모양이오."

문무쌍절 역시 굳은 얼굴로 그렇게 말했다.

사람들의 안색이 창백하게 변했다. 멀리서 들려오는 말발굽 소리가 조금 더 가까워진 듯한 기분이 들었다. 그러는 가운데 문무쌍절의 말이 이어졌다.

"만 명의 대군을 회군하게 하려면 모르기는 몰라도 최소한 백만 냥 이상은 각오해야 할 것 같소."

"으음."

사봉정의 입에서 침음성이 흘러나왔다.

은자 백만 냥이라니. 그 액수도 문제였지만 애당초 그만한 돈을 가지고 있을 리가 없었다.

사봉정은 빠르게 머리를 굴렸다.

돈이 부족하다면 다른 방법으로 배상해야 했다. 아무리 무림의 고수가 모였다 한들, 상대의 병력이 일만 명이라면 절대 전쟁은 피해야 했다. 일만 명을 지휘하는 패륵의 심기를 거슬러서는 안 되는 일이었다.

"흥!"

예의 그 중년 무림인이 재차 코웃음을 치며 입을 열었다.

"일만 명이든 십만 명이든 결국에는 오랑캐가 아니오? 천하의 건곤가가 그깟 오랑캐를 앞에 두고 이렇게 전전 긍긍하고 있다니, 왜 무림오적 같은 자들이 득세하는지 이제야 알 것 같소이다."

"구 대협! 말이 지나치시오!"

동료 중 한 명이 그를 제지하려는 순간이었다.

"내가 직접 시범을 보이리다. 오랑캐는 어찌 상대하는지 말이오!"

구 대협이라 불린 자는 곧바로 지면을 박차고는 늙수그레한 소리가 들려온 방향으로 몸을 날렸다.

"멈추시오!"

문무쌍절이 깜짝 놀라며 말렸지만 이미 때는 늦었다. 그의 신형은 벼락처럼 어둠 저편으로 날아갔다.

폭풍 같은 기세가 그의 전신을 휘감으며 소용돌이치는 가운데, 중년 사내는 어둠 저편에 몸을 숨기고 있을 오랑캐들을 향해 호탕하게 소리쳤다.

"오랑캐들은 들어라! 여기 탈혼맹도(奪魂猛刀) 구 어르신이 직접 훈계를 내리겠다!"

그의 격한 고함에 동감한 것일까.

"자전검(紫電劍) 남위천(南威天)도 있다!"

"태산노호(泰山老虎)께서 오랑캐들에게 한 수 가르침을 내려 주마!"

몇몇 무림 고수들이 크게 소리치면서 그의 뒤를 따라 어둠 저편으로 몸을 날렸다.
 문무쌍절과 사봉정의 얼굴이 딱딱하게 굳어지는 가운데, 상황은 급변하기 시작했다.

5장.
흉터

그들 또한 무림인이었으니까.
그리고 무림인에게 있어서 자존심과 체면이라는 건
목숨보다 더 소중하다는 걸 잘 알고 있었으니까.
그리고 복수라는 것도 그 자존심과 체면을 지키기 위한 행동에 불과했으니까.

흉터

1. 이미 칸은 옹립되었고

 일류 고수와 절정 고수를 가르는 방법은 여럿 있겠지만 가장 큰 건 검기(劍氣)를 낼 수 있느냐 없느냐의 차이라고 할 수 있었다.
 일반적으로 삼류 무사들은 내공을 운기하지 못했고, 이류 고수들은 내공을 운용하되 장풍(掌風)이나 지력(指力)을 발출하지 못했으며, 일류 고수들은 장풍과 지력은 펼칠 수 있었지만 검기나 도기(刀氣)를 뽑아내지 못했다.
 절정 고수에 이르러서야 비로소 검기나 도기 등을 자유자재로 구사할 수 있었는데, 절정 고수들은 다시 그 무위에 따라 당경, 노경, 문경으로 나눌 수가 있었다.

또한 초절정 고수라는 명칭은 이른바 심벽(心壁)을 깨고 다시 한 단계 수준을 높인 자들에게만 붙여지는, 그야말로 무인 최고의 명칭이라 할 수 있었다.

 탈혼맹도 구자추(具滋錘)나 자전검 남위천, 태산노호 맹강(孟康)들은 각 지역에서 소문난 실력을 지닌 고수들로, 일류 고수에서 절정 고수 사이의 무위를 지니고 있었다.

 즉, 검기나 도기를 펼칠 수는 있지만 자유자재로 사용하지는 못하는 단계라 하겠다.

 그럼에도 불구하고 어둠 속으로 날아든 그들은 당연히 자신들의 승리를 자신했다.

 당연한 일이었다.

 일만의 무사를 지휘하는 패륵이건 뭐건 간에 어쨌거나 상대는 비루하고 무지한 여진족에 불과했다. 장풍을 날리고 검기를 뿌리면 변변한 반응 한 번 하지도 못한 채 추풍낙엽처럼 나가떨어질 게 분명했다.

 "감히 중원의 무인들을 건드리려 하다니!"

 탈혼맹도는 크게 고함을 내지르며 숲 안쪽으로 신형을 날렸다. 조금 전 늙수그레한 목소리가 들려왔던 바로 그곳이었다.

 그가 숲으로 뛰어든 순간, 인기척이 느껴졌다.

 "거기 숨어 있느냐?"

탈혼맹도는 힘차게 칼을 휘둘렀다. 새하얀 도기가 낫처럼 휘어지며 수풀을 자르고 나무를 베었다.

"죽어라!"

탈혼맹도를 따라 날아든 자전검 남위천이 검기를 뿌렸고, 태산노호 맹강은 쌍장을 휘둘러 장풍을 날렸다. 뒤따라온 다른 몇몇 고수들도 막강한 내공을 운용한 장풍과 검기를 사방에 흩뿌렸다.

우지끈!

검기와 장풍에 맞은 나무가 쓰러지는 소리가 요란한 가운데, 숲 안쪽에 숨어 있던 인기척들이 그 가공할 위력에 화들짝 놀라며 도망치는 듯했다.

"푸하하하! 어딜 도망치려 하느냐?"

무림 고수들은 광오한 웃음을 터뜨리며 그들의 뒤를 쫓아 더욱더 깊은 숲속으로 따라 들어갔다.

초조하게 그 광경을 지켜보던 건곤가의 사봉정이 안도의 한숨을 내쉬며 중얼거렸다.

"걱정했던 것보다 수월하게 일이 끝날 것 같군."

하북칠의나 산서제일권 등 주변 무림인들도 비슷한 생각을 한 듯 고개를 끄덕였다.

하지만 문무쌍절 장녹화(張鹿和)는 달랐다.

'이렇게나 간단하게 무공에 당할 여진족이라면 과거 송(宋)이 금(金)에게 패했을 리가 없겠지.'

문무쌍절이라는 별호답게 장녹화는 고대의 역사에도 해박했다.

 왜 일개 오랑캐 무리에 불과한 금나라가 거대하고 막강하던, 그것도 수많은 강호 무림의 고수들이 버티고 있던 송나라를 물리치고 중원을 제패했는지, 그는 정확하게 그 본질을 파악하고 있었다.

 '아무리 강한 무공을 지녔다 한들, 결국에는 수적으로 밀리면 질 수밖에 없다. 상대는 일만 명을 지휘하는…… 응? 가만있자, 조금 전 분명히 일만 명을 지휘하는 패륵이라고 했었지?'

 문무쌍절 장녹화는 고개를 갸웃거리고는 이내 예리한 시선으로 주변을 훑어보았다.

 십여 리에 이르는 야영의 행렬, 그중 여진족의 기습으로 난전을 벌이고 있는 곳은 장녹화가 서 있는 곳에서 불과 백여 장 이내. 그리고 이천여 명의 추격대 중 기껏해야 수십여 명의 무림인이 여진족과 싸움을 벌이고 있었다.

 즉, 반대로 생각하자면 여진족 무리 역시 아무리 많이 잡아도 이백 명은 넘지 않는다는 의미였다.

 '만 명을 지휘하는 패륵이 겨우 이백 명의 선발대와 같이 움직인다? 이건 말이 되지 않는다. 뭔가 있구나!'

 장녹화의 얼굴이 딱딱하게 굳어지는 순간이었다.

 "꾸엑!" 돼지 멱따는 듯한 비명과 "컥!" 단말마의 비명이 연달아 들려왔다.

장녹화는 빠르게 고개를 돌렸다. 조금 전 탈혼맹도 구자추들이 뛰어들었던 바로 그 숲속이었다.

"드디어 죽였구나!"

강호 무림인들이 환호성을 내지를 때, 숲 안쪽에서 갑자기 횃불의 환한 불빛과 함께 잘려 나간 목들이 꼬치처럼 창에 꽂힌 채 모습을 드러냈다.

일순 무림 고수들이 비명을 내질렀다.

"구 형!"

"남 형!"

"아니, 태산노호까지!"

믿을 수 없는 일이었다. 창에 꽂힌 채 대롱대롱 매달려 있는 목들은 기세 좋게 날아 들어갔던 무림의 고수들이었다.

바로 그때였다.

화르륵!

숲속에서 갑자기 불길이 치솟기 시작하더니 이내 그 불은 커다란 화마(火魔)로 변해 주변 숲을 송두리째 불태우기 시작했다.

북쪽에서 휘몰아치는 차가운 바람이 맹렬하게 불길을 키우며 야영지로 들이닥쳤다. 놀란 무림 고수들이 도망치듯 자리를 비우며 소리쳤다.

"불이다! 모두 피하라!"

장녹화는 입술을 깨문 채 주변을 돌아보았다.

불길은 대략 이십여 장 거리를 두고 다섯 곳 정도에서 피어오르고 있었다.

두 사람이 한 조가 되어 수풀에 기름과 술을 뿌리고 불을 지핀다 했을 때, 화공(火攻)에 동원된 사람은 역시 십여 명 정도에 불과했다. 아무리 생각해도 패륵이 동원한 여진족의 무리라고 하기에는 그 수가 너무나도 부족해 보였다.

게다가 탈혼맹도들을 단숨에 쓰러뜨리고 목을 잘라 창에 매달 정도의 실력을 가진 자들이라니!

'아무래도 여진족이 아닌 것 같다.'

일순 장녹화의 눈빛이 반짝였다.

'여진족이 아니라면…… 그리고 탈혼맹도들을 압도할 무공을 지닌 자들이라면…….'

일순 그의 뇌리에 떠오르는 단어가 있었다.

무림오적!

장녹화의 얼굴빛이 변했다.

'그렇구나! 화군악이라는 자가 무림오적과 합류한 모양이다. 그리고 놈들은 적은 수로 우리를 교란하기 위해서 일부러 여진족의 무리 흉내를 내면서 이런 기습을 펼친 게다.'

장녹화는 그렇게 생각하며 크게 소리쳤다.

"다들 조심하시오! 놈들은 여진족이 아니라 무림오적일 가능성이 크오!"

하지만 그의 외침은 걷잡을 수 없이 타오르는 불길, 놀라고 당황한 무림인들의 비명과 고함, 곳곳에서 들려오는 여진족의 살기 가득 찬 함성, 그리고 때맞춰 모습을 드러낸 화군악을 보고 부르짖는 무림인들의 고함에 짓눌려 온데간데없이 사라졌다.

"화군악이다!"

"놈이 여진족의 무리와 결탁했다!"

"무림오적이 나라까지 팔아먹으려 한다!"

고함과 함성이 곳곳에서 쏟아지는 가운데 화군악은 앙천광소(仰天狂笑)를 터뜨리며 들고 있던 창을 휘둘렀다. 창에 매달려 있던 탈혼맹도들의 목이 사방으로 날아갔다.

"푸하하하! 겨우 이 정도 실력으로 이 몸을 잡으려 하다니! 지금부터 백 년 동안 수련을 쌓아도 안 될 것이다!"

그렇게 무림인들을 조롱하며 비웃는 화군악의 곁으로 서너 명의 여진족 사람들이 횃불을 든 채 걸어 나왔다.

스스로를 패륵 무두르라고 소개했던 노인과 건장한 체구의 사내들은 여진족 특유의 복장을 갖춘 채 불길에 놀라 몸을 피하는 무림인들을 보고 비웃듯 소리쳤다.

"돌아가 네놈들의 왕에게 전하라! 이미 칸은 옹립되었고, 세 개의 팔기가 곧 대륙을 정벌할 것이라고 말이다!"

대부분의 무림인들은 어리둥절한 얼굴이었지만 장녹화만은 달랐다.

'칸이라면 여진의 왕이 탄생했다는 건가? 게다가 세 개의 팔기라면…… 이십여만의 군대가 완성되었다는 건가?'

장녹화의 안색이 핼쑥해졌다.

지금의 소란이 무림오적의 짓이라는 것까지는 알아차렸지만, 그 무림오적이 설마 여진족과 손을 잡았으리라고는 전혀 상상조차 하지 못했다.

아무리 오대가문과 척을 지고 싸우는 입장이라 하더라도 어쨌든 무림오적 또한 중원 사람이 아닌가. 중원 사람이 오랑캐와 결탁하여 나라를 팔아먹으려 하다니, 장녹화의 머리로는 도저히 이해가 가지 않았다.

바로 그때였다.

파앗!

날카로운 파공성이 불길에 휩싸인 밤공기를 갈랐다. 맨 처음 여진족의 기습을 알렸던 그 화살들의 파공성과는 차원이 다른, 그야말로 심장이 덜컥 내려앉고 등골이 오싹해지는 파공성이었다.

동시에 최소한 수십 년의 내공이 깃든 창들이 장녹화를 향해 벼락처럼 쏟아졌다. 장녹화는 빠르게 보법을 밟아

좌측 수풀 쪽으로 몸을 피했다.

그 순간, 바람결에 수풀이 흔들린다 싶더니, 이내 검은 그림자 하나가 호랑이처럼 튀어나와 장녹화의 등을 공격했다.

"헉!"

전혀 경계하지 않고 있던 기습에 놀란 장녹화는 헛바람을 집어삼키며 황급히 몸을 숙였다.

문무쌍절이라는 별호답게 그의 무위 또한 이미 절정의 경지에 올라 있었고, 반사적으로 펼친 반응 역시 매우 적절하여 적의 기습을 충분히 피할 것만 같았다.

하지만 현실은 달랐다.

"컥."

장녹화는 채 몸을 숙이기도 전에 얕은 신음을 내뱉었다. 어느새 찔러 온 서슬 퍼런 검날이 그의 명문혈을 관통하고 있었다.

"장 형!"

"장 대협!"

뒤늦게 장녹화의 상황을 알아차린 산서제일권과 건곤가의 사봉정이 놀라 부르짖으며 그를 기습한 이에게 공격을 퍼부었다.

일순 기습한 자의 신형이 거짓말처럼 사라지는가 싶더니 이내 산서제일권과 사봉정의 등 뒤에서 모습을 드러

흉터 〈147〉

냈다. 말 그대로 신출귀몰한 움직임이었다.

 놀란 산서제일권과 사봉정이 몸을 돌리려는 순간, 그들의 머리가 몸에서 잘려 나가 허공 높이 솟구쳤다.

 그들의 목에서 피가 분수처럼 쏟아지는 가운데, 순식간에 무림의 절정 고수 세 명을 죽인 사내는 연기처럼 그 자리에서 사라지고 보이지 않게 되었다.

 "뭐, 뭐냐?"
 "장 형!"
 "오 형!"
 하북칠의를 비롯한 무림 고수들은 눈 깜짝할 사이에 벌어진 변괴에 놀라며 크게 부르짖었다.

 하지만 이미 상황은 끝난 후였다. 믿을 수 없게도, 각 지역의 패자로 군림하던 세 명의 고수는 제대로 힘 한번 써 보지 못한 채 절명한 후였다.

2. 자존심과 체면

 기습은 성공적이었다.

 불과 사십 명도 채 되지 않는 인원이었지만 그래도 이쪽에는 담우천과 장예추, 화군악과 강만리가 있었다. 또한 화군악이 데리고 온 강호오괴도 있었다.

강만리를 제외한 그들은 동에서 번쩍, 서에서 번쩍 돌아다니면서 야영을 하고 있던 무림 고수들을 습격하며 교란했다.

 그야말로 극소수의 기습이었지만 담우천들의 무위는 일반 무림 고수들의 그것을 훌쩍 뛰어넘은 상태였다.

 그들은 마치 양 떼 한가운데로 파고든 호랑이들처럼 마구 날뛰며 무림 고수들을 해치웠다. 강호오괴는 물 만난 고기처럼 환호작약하며 무림 고수들 사이를 누비고 돌아다녔다.

 어두운 밤인 데다가 그 기세에 눌린 무림 고수들이 일순 백여 명 이상의 적이 기습을 했다고 착각할 정도로 담우천들의 무위는 압도적이었다.

 그들이 이리저리 돌아다니면서 난전을 벌이는 동안, 모용세가의 사람들은 숲 곳곳에 기름과 술을 뿌린 후 명령을 기다리고 있었다.

 한편 강만리는 어두운 숲 안쪽에 몸을 숨긴 채 바람의 움직임을 확인하고 있었으며, 그의 곁에 있던 고봉진인은 쉬지 않고 입을 놀리는 중이었다.

 그는 북해빙궁의 여진족 아이들과 놀면서 익힌, 그리고 타군베리 섬예로부터 급하게 배운 몇 가지 여진족 언어를 사용하면서 적을 혼란에 빠뜨리는 한편, 또한 바람 소리, 호랑이와 곰이 울부짖는 소리, 심지어 수천의 말이 달리는 소리까지 한껏 끌어올린 내공을 이용하여 온갖 소리를 쏟아 내었다.

고봉진인은 그야말로 구기(口技)의 절정을 보여 주었고, 모용현아는 눈을 휘둥그레 뜬 채 그가 연신 입을 나불거리는 모습을 지켜보았다.

"이런 재주는 처음 봐요. 정말 이런 재주가 아니었더라면 강 장주의 계략도 성공하지 못했을 거예요."

모용현아의 말에 바람의 움직임을 살피던 강만리가 고개를 끄덕이며 말을 받았다.

"나도 이리될 줄은 몰랐소."

물론 고봉진인의 구기로 인해서 여진족과의 거래나 회담이 성공적으로 끝난 적도 있기는 했지만, 애당초 강만리가 고봉진인을 지목한 건 그런 뜻이 있어서가 아니었다.

북해빙궁에서 모용세가까지 오가는 동안 그에게 구기를 배우고자 했던 게 가장 주된 이유였고, 또 지난 한 달 동안 나름대로 구기의 흉내를 내게도 되었다.

하지만 고봉진인의 구기를 이렇게까지 유용하게 사용하게 될 줄은 아무리 강만리라 하더라도 전혀 예상하지 못했다.

모용현아는 다시 정면으로 시선을 돌리며 입을 열었다.

"그럼 산불은 언제……."

순간 그들이 몸을 숨긴 숲을 향해 대여섯 명의 무림 고수들이 가공할 기세로 날아왔다. 탈혼맹도를 비롯한 고수들은 숨어 있던 강만리들을 노리고 칼을 휘두르고 검을 내질렀다.

"자신들의 위치를 고스란히 드러내다니, 바보 같은 작자들이다."

강만리는 눈살을 찌푸리며 중얼거렸다.

강만리들은 어둠 속에 숨어 있었다. 반면 탈혼맹도들은 그 어둠 속으로 뛰어든 상태였고, 무엇보다 귀가 먹먹할 정도로 고함을 내지르고 있었다. 상대가 무공을 전혀 모르는 여진족이라고 무시하고 깔보는 것이었다.

그걸 놓칠 정도로 강만리와 모용현아는 어리석지 않았다. 그들은 뒤로 물러나며 탈혼맹도들을 안으로 더욱 끌어들인 다음, 득달같이 기습을 펼쳐 놈들을 해치웠다.

사실 탈혼맹도 정도 되는 고수들이라면 그래도 나름대로 몇 수 부딪치며 반항할 법도 했다. 어쨌든 각 지역에서는 내로라하는 고수들이었으니까.

하지만 애당초 그들은 상대를 너무 무시하고 전혀 대비하지 않았고, 그런 까닭에 강만리의 장력에 허리가 부러지고 모용현아의 칼에 목이 잘려 나가게 되었다.

탈혼맹도들을 일격에 모두 해치운 강만리는 곧바로 그들의 목을 잘랐다. 모용현아가 가볍게 눈살을 찌푸렸지만 강만리는 개의치 않고 자른 목을 창에 꽂고 앞으로 걸어 나갔다. 섬예가 횃불을 들어 길을 밝혔다.

효수(梟首)처럼 잘린 목을 본 무림 고수들이 아우성을 쳤다. 드디어 바람의 방향이 바뀌었다. 강만리는 모용현아에게 말했다.

"불을 지피라 하시오."

모용현아가 숲 뒤쪽으로 자취를 감출 때, 때마침 야영지를 기습, 교란하던 담우천과 장예추, 화군악이 돌아왔다. 이리저리 돌아다니면서 백여 명 가까운 무림 고수들과 난전을 벌였지만 그들은 호흡조차 변하지 않았다.

"강호오괴는?"

"아직도 난동 중입니다."

화군악이 웃으며 말을 이었다.

"그럼 이제 뭘 하면 되죠?"

화군악이 그렇게 묻는 순간, 갑자기 사방에서 불길이 치솟았다. 모용현아의 지시를 받은 모용세가 사람들이 일제히 불을 지핀 것이었다.

불길은 바람을 타고 야영지로 들이닥쳤다.

무림 고수들이 당황하여 어찌할 바를 몰라 할 때, 강만리는 하마터면 '헉!' 하고 소리칠 뻔했다.

"다들 조심하시오! 놈들은 여진족이 아니라 무림오적일 가능성이 크오!"

강만리의 계략을 꿰뚫어 본 듯한 고함이 들려왔던 것이었다.
 천만다행인 건 산 전체가 불길에 휘감기는 혼란 속에서 그의 목소리가 묻히는 바람에 무림 고수들이 제대로 알아듣지 못했다는 점이었다. 그리고 강만리가 먼저 그 고함을 들었다는 건 확실한 행운이었다.
 "저자부터 없애야겠습니다."
 강만리는 정확하게 문무쌍절 장녹화를 가리키며 말했다. 담우천이 고개를 끄덕였다.
 "알겠네."
 "저도 같이 가겠습니다."
 장예추도 함께 움직였다.
 "그럼 나도……."
 화군악이 그들을 따라 어둠 뒤편으로 날아가려는 순간, 강만리가 화급히 그의 소매를 잡았다. 화군악이 뒤를 돌아보자 강만리는 턱짓으로 정면을 가리키며 말했다.
 "너는 따로 할 게 있다. 놈들을 교란하기에는 너만 한 자가 없으니까."

 * * *

 화군악이 시선을 끌고 강만리가 기습을 펼쳤다. 뒤로

돌아간 담우천과 장예추가 문무쌍절과 산서제일권, 사봉정을 단숨에 해치웠다.

 손 한 번 맞춰 보지 않았으나 수백 번의 예행 연습을 거친 것처럼 절묘하고 완벽하게 맞아떨어진 합공이었다.

 "장 대협!"

 "장 형!"

 하북칠의를 비롯한 무림 고수들이 목놓아 부르짖었다.

 문무쌍절 장녹화는 일반 무림 고수들과는 다른 결을 가지고 있었다.

 학(鶴)처럼 우아하고 고고하며 방대한 지식과 지혜를 지녔다. 어려운 이를 도와줄 줄 알고, 힘든 이를 북돋워 주며 고민하는 이에게 지혜를 주는 자였다.

 그렇기에 수많은 무림인이 존경하고 따르는 인물이 바로 문무쌍절 장녹화였다.

 그 문무쌍절 장녹화가 자신들이 보는 앞에서 처참하고 무력하게 목숨을 잃었다. 심지어 그를 도우려 했던 산서제일권과 건곤가의 사봉정도 비명에 갔다.

 그래서였다. 무림 고수들이 목놓아 부르짖으면서도 쉽게 발을 움직이지 못했다. 담우천과 장예추가 보여 준 압도적인 무위 앞에서 그들은 철저하게 무력했고 공포에 떨어야 했다.

 "알고 보니 순 겁쟁이들만 쫓아왔군그래!"

화군악이 껄껄 웃으며 소리쳤다.

"그래! 네놈들은 그렇게 겁먹은 채로 돌아가라! 두 번 다시 무림오적이라는 이름을 입에 올리지 말고 고개 숙인 채 우리를 피해 다니도록 하라! 그게 겁쟁이들이 해야 할 일이니까 말이다!"

말을 마친 화군악은 천천히 몸을 돌려 숲 안쪽으로 사라졌다. 고봉진인이 여진족과 한족의 말을 섞어 사용하며 고함을 내질렀다.

"돌아가 왕에게 고하라! 우리의 보올이 될 준비를 하라고 말이다!"

무림 고수들에게 보올이 노예를 뜻하는 여진의 말임을 알려 줄 사람은 더 이상 존재하지 않았다. 무림 고수들은 이를 악문 채 고봉진인을 노려보았다.

더욱 거세진 불길이 산허리를 휘감는 가운데 강만리 일행은 그렇게 어둠 저편으로 퇴각했다.

뒤따라온 장예추가 조금은 걱정된다는 듯이 물었다.

"혹시라도 저들이 따라오지 않으면 어떻게 하죠? 그럼 두 번째 계략이 아무런 소용이 없게 되는데요."

"걱정도 팔자다."

강만리는 미리 약속해 둔 곳으로 이동하며 말했다.

"지금이야 산불에, 우두머리들의 죽음에 다들 당황하고 혼란에 빠져 어쩌지 못하고 있지만, 날이 밝으면 다시 쫓아올 게다. 무너진 자존심과 부서진 체면을 되살리기 위해 말이다. 그게 무림인이라는 족속이니까."

 강만리의 말에 주변에 있던 사람 중 누구 하나 입을 열어 반박하지 못했다.

 그들 또한 무림인이었으니까. 그리고 무림인에게 있어서 자존심과 체면이라는 건 목숨보다 더 소중하다는 걸 잘 알고 있었으니까. 그리고 복수라는 것도 그 자존심과 체면을 지키기 위한 행동에 불과했으니까.

3. 몇 가지 행운

 놀라운 일이었다.
 이천여 명의 무림 고수들을 당황하게 하고 혼란에 빠뜨리는 과정에서, 백여 명의 고수들을 죽이고 중상을 입히는 와중에서 강만리 측 피해는 단 한 명도 없었다.
 피아를 가리지 않고 휘몰아치던 불길에 약간의 화상을 입은 자가 셋, 그리고 검과 칼에 가벼운 부상을 입은 자가 둘. 그게 전부였다.
 담우천이나 장예추들은 물론이거니와 야영지 한복판으로 뛰어들어 난동을 부린 강호오괴 역시 별다른 부상 없이 약속 장소로 모여들었다.

"아쉽네. 아직 더 죽일 수 있었는데 이 정도로 끝나다니 말이지."

"나는 그래도 스무 명이나 죽였으니까."

"흠, 스무 명 가지고는 함부로 입을 놀리면 안 되지 않나? 나는 스물일곱 명을 죽였는데."

"허어. 내 앞에서 감히 숫자를 논하다니. 서른여섯. 그게 내가 죽인 자들의 수야."

"헤헤. 나는 백 명 넘게 죽였거든."

강호오괴는 허풍과 거짓말을 섞어 가면서 서로 누가 많이 죽였는지 자랑하는 동안, 숨겨 둔 수레를 확인하고 돌아온 모용세가의 무사들이 강만리에게 보고했다.

"모든 예물과 수레가 그대로 있습니다."

"고생들 했소."

강만리는 그들을 돌려보낸 후 담우천들을 돌아보며 말했다.

"내일 아침까지는 산불이 꺼질 겁니다. 저들이 새로 지도자를 뽑고 다시 움직이는 것도 그때쯤이겠죠. 한나절 정도 시간을 벌었으니까 그동안 우리도 휴식을 취하도록 하죠."

"난 괜찮아요."

화군악의 말에 강만리는 눈살을 찌푸리며 말했다.

"너는 괜찮을지 몰라도 다른 사람들은 그렇지가 않거

든. 잔말 말고 나뭇가지들이나 구해 와라."

일반적으로는 행여 있을 추격자들을 피하기 위해서라도 불을 지필 수가 없는 상황이었다.

하지만 강만리에게는 다쿤베리 섬예가 있었다. 그는 울적합 족의 뛰어난 전사이자, 평생을 이곳에서 살아온 노련한 사냥꾼이었다.

곰과 호랑이 같은 맹수들을 피하면서 이 추운 계절에 어떻게 체온을 떨어뜨리지 않고 밤을 지샐 수 있는지 누구보다도 더 잘 알고 있는 인물이었다.

주변 일대를 샅샅이 돌아본 섬예는 삼십 명이 넘는 일행이 머무를 수 있는, 그리고 밖에서는 전혀 눈치챌 수 없는 동굴을 찾아냈다.

사람들은 그를 따라 동굴로 이동했다. 입구는 한 사람이 걸어 들어갈 정도로 좁았으나, 그 안으로 이어진 공간은 곰 열 마리가 함께 뒹굴어도 넉넉할 정도로 넓었다.

섬예는 화군악들이 구해 온 나뭇가지를 모아 모닥불을 피운 후 돌과 흙으로 동굴 입구를 성글게 막아 두었다.

"연기는 충분히 빠져나갈 수 있을 겁니다."

섬예는 강만리에게 보고했다.

"저는 밖에서 주변을 경계하겠습니다."

"아니, 그럴 필요 없네."

강만리는 고개를 흔들었다.

"내가 장담컨대 놈들은 내일 오후에야 움직일 걸세. 그러니 푹 쉬도록 하게."

한 달이 넘는 여정 속에서 서로 부대끼는 동안 강만리의 말투에도 변화가 있었다. 그는 섬예를 편하게 대했으며 섬예 또한 충복처럼 강만리를 대했다.

강만리의 끈질긴 설득을 이기지 못한 섬예는 결국, "그럼 입구를 지키겠습니다."라는 말로 동굴에 머물기로 했다. 그러고는 성글게 막아둔 동굴 입구 앞에 가부좌를 틀고 앉은 채 밖의 상황을 유심히 살폈다.

강만리는 고개를 설레설레 흔들며 동굴 안쪽으로 향했다. 모용세가 무사들과 여인들은 담우천들의 눈치를 살피며 한쪽 구석에 모여 앉아 있었다. 강만리는 그들에게 편히 쉬라고 말한 다음 따로 구자육을 불렀다.

이곳에서 가장 무공이 낮고 내공이 형편없는 구자육은 털모자와 털옷으로 단단히 무장하고 있었음에도 불구하고 추위에 벌벌 떨고 있었다.

"무슨 일이십니까?"

구자육이 잔뜩 몸을 움츠린 채 물었다. 강만리는 힐끗 모닥불 쪽을 바라보았다. 모용현아가 다리를 모으고 그 위에 턱을 괸 채 물끄러미 모닥불을 응시하고 있었다.

강만리는 낮은 목소리로 소곤거리듯 말했다.

"혹시 모용 소저의 얼굴 말이네."

"네."

"그 흉터를 없앨 수 있을까?"

"흉터요?"

"쉿. 낮게 말하게. 모용 소저가 들을지도 모르니."

"아, 네."

구자육은 더욱 몸을 움츠리면서 힐끗 모용현아를 돌아보았다. 다행히 그녀는 구자육의 말을 듣지 못한 듯 여전히 그 자세를 유지한 채 모닥불을 지켜보고 있었다.

구자육은 살짝 난감한 표정을 지으며 소곤거렸다.

"워낙 오래된 흉터라서…… 가능할지 모르겠습니다."

"흐음. 빙궁에 돌아가면 만해 사부와 함께 고민해 주게. 저 아름다운 얼굴에 저리 흉측한 흉터라니. 이왕이면 새색시 얼굴이 예쁜 게 낫지 않겠나?"

"그거야 그렇죠."

"구 당주가 힘을 좀 써 주게."

"한번 노력해 보겠습니다."

"아, 춥지? 모닥불 가까이 가서 앉게."

강만리는 괜찮다는 구자육을 끌고 모닥불로 걸어가 앉았다. 구자육의 얼굴에 화색이 돌았다.

동굴은 조용했다. 삼십여 명의 사람들이 모여 있었지만 오직 모닥불 타들어 가는 소리와 숨소리만이 들릴 따름이었다. 그 정적을 깬 자는 모용현아였다.

"제 흉터에 신경 쓰지 않아도 돼요."

구자욱은 움찔했고, 강만리는 머쓱한 얼굴이 되었다.

"허어. 다 들으셨소?"

"이렇게 조용한데 듣지 못하겠어요?"

"내 작은 성의라고 생각해 주시오."

"괜찮아요. 그리고 그렇게 신경 쓰지도 않아요. 얼굴의 흉터보다 마음에 남아 있는 흉터가 더 크니까."

이번에는 장예추가 움찔거렸다. 모용현아는 여전히 모닥불을 지켜보며 말을 이었다.

"건곤가…… 확실히 괴멸시킬 거죠?"

장예추는 저도 모르게 안도의 한숨을 내쉬었다. 모용현아가 말한 마음의 흉터라는 게 자신을 가리키는 말이 아님을 알아차린 까닭이었다.

강만리는 잠시 생각하다가 천천히 입을 열었다.

"물론이오. 건곤가뿐만 아니라 나머지 사대가문도, 그리고 태극천맹까지 모두 무너뜨릴 생각이오. 또 그럴 자신도 있고."

"실은 전혀 믿지 않았어요. 본 가에서 강 장주나 다른 분들이 했던 말들을요. 하지만 오늘 보니까 어쩌면 가능하지 않을까 싶은 기대가 들더라고요."

모용현아의 생각이 그렇게 바뀔 정도로 강만리들의 활약은 대단했다. 불과 삼십여 명의 인원으로 무려 이천여 무림 고수를 상대로 그렇게까지 궁지에 빠뜨린다는 건 애당초 말도 되지 않는 계획이었으니까.

"몇 가지 행운이 겹친 덕분이오, 오늘의 일은."

강만리는 신중하게 말했다.

"우선 무림 고수들은 그 압도적으로 많은 전력을 효과적으로 사용할 수 없는 형태로 야영을 시작했소."

거대한 뱀이 산허리를 두르듯 십여 리까지 길게 이어진 야영이었다. 선두에서 벌어지는 일을 후미에서 알아차릴 수도 없었거니와 설령 알게 되었다 하더라도 당연히 반응이 느릴 수밖에 없었다.

즉, 적의 수는 이천여 명이었지만 강만리들이 상대한 건 불과 수백 명밖에 되지 않았다.

"또한 저들은 우리를 여진의 무리라고 한없이 경시했소. 만약 무림오적을 상대로 싸운다고 생각하면서 극도로 경계하고 조심했다면 이렇게 간단하게 끝날 싸움이 아니었소."

담우천들의 무공은 추격대에 비해서 월등히 강했다. 하지만 아무리 개개인의 무공이 뛰어나다 한들 압도적인 병력 앞에서는 중과부적일 수밖에 없었다.

강만리는 계속해서 말을 이어 나갔다.

"그리고 저들 중에 내 계획을 눈치챈 자가 있었소. 그가 여진족이 아닌 무림오적의 흉계임을 눈치채고 소리치는 바람에 가슴이 철렁 내려 앉았더랬소. 다행히 그를 죽일 때까지도 그가 뭐라고 소리쳤는지 신경 쓰는 동료들이 없었기는 했지만 말이오."

화군악이 알겠다는 듯 말했다.

"아, 마지막에 죽이라고 했던 그 문사 같은 중년 사내 말이죠?"

"그래. 그 지혜와 눈썰미를 보건대 반드시 죽여야 할 것 같아서 무리하긴 했지. 어찌 되었든 그를 죽이는 와중에 계획을 바꿔야만 했고, 결국에는 우리 무림오적이 전면으로 나서게 되었으니까. 그래도 그 중년 문사를 죽일 수 있었던 건 천만다행이야."

강만리는 엉덩이를 긁적거리며 계속해서 말했다.

"그리고 마지막 하나, 고봉진인의 구기가 생각보다 훨씬 큰 효과를 가져왔소. 특히 그 말발굽 소리는…… 아마 저들이 이성을 잃고 냉정하게 대처하지 못한 이유가 바로 그 말발굽 소리 때문일 것이오."

"허험."

고봉진인이 헛기침을 했다. 화군악이 가까이 다가앉으며 물었다.

"실은 나도 깜짝 놀랐거든요. 뭐 곰이나 호랑이 소리야 그럴듯하게 흉내 낼 수 있다고는 하지만 수천 필의 말이 일제히 질주하는 소리는 도대체 어떻게 내는 겁니까?"

"그리 대단할 건 없는 잔재주라네."

말과는 달리 고봉진인은 가슴을 활짝 폈다.

"다들 두두두, 하고 말 달리는 소리는 낼 줄 알잖는가? 거기에 다시 두두두, 하고 말이 달리는 소리를 겹쳐서 내는 걸세. 그러면 서너 필의 말이 함께 달리는 듯한 소리가 나는데, 다시 거기에다가 내공까지 끌어올려서 소리를 내면 그때는 보다 장엄하고 장대한 소리가 나게 된다네."

화군악이 놀란 표정을 지으며 물었다.

"그렇게 소리를 겹쳐서도 낼 수 있습니까?"

"아, 그런 건 저도 들어 봤네요."

모용현아가 고봉진인보다 빠르게 말했다.

"북서 지방의 여진족 중 몇몇 사람들은 흐미라고 해서 두껍고 얇은 두 가지 소리로 노래해요. 이야기를 들어 보니까 몽골족들도 그렇게 목과 입과 코를 사용해서 서로 다른 소리를 낸다고 하더라고요."

"오호."

고봉진인이 살짝 놀란 표정을 지으며 말했다.

"흐미라는 건 처음 들어 봤지만 내가 여러 가지 소리를 겹치는 방법과 꽤 비슷하군그래. 역시 세상이 넓긴 넓은 게야. 나만 사용하는 방법이라고 생각했는데 알고 보니 꽤 많은 이들이 즐기는 방식이라니 말이지. 그러고 보면 유아독존(唯我獨尊)이라는 건 참으로 어려운 일인 것 같다니까."

 왠지 모를 현기까지 느껴지는 고봉진인의 말에 사람들은 고개를 끄덕였다.

 가만히 듣고 있던 강만리가 다시 화제를 돌렸다.

 "어쨌든 그런 행운들이 있었기 때문에 쉽게 끝난 것이오. 하지만 두 번째 계획은 그리 쉽지만은 않을 터, 모용 소저를 비롯한 여러분의 도움이 반드시 필요하오. 아, 물론 또 오늘과 같은 그런 행운들이 깃든다면 더할 나위 없이 기쁘겠지만 말이오."

 모용현아가 기다렸다는 듯이 말했다.

 "그런데 그 두 번째 계획에 대해서는 아직 제대로 설명해 주지 않으셨는데요."

 "아, 그건 내일 이야기하는 걸로 합시다. 지금 말씀드리면 다들 그 두 번째 계획에 대해 생각하느라 제대로 자지도 못할 테니까 말이오."

 "뭐, 그래도 다들 대충은 짐작하고 있잖습니까? 중요한 건 어떻게 서로를 적대시하게 만들어서 싸움을 붙이냐는 건데, 뭐 그건 형님께서 알아서 잘 생각하시겠죠. 그럼 저는 잠이나 자렵니다."

 화군악은 자신을 노려보는 강만리를 향해 씨익 웃어 보이고는 그대로 동굴 바닥에 드러누웠다. 그러면서도 한마디 하는 걸 잊지 않았다.

"다들 알겠지만 강 형님이 자기 전에 먼저 잠들어야 할 겁니다. 강 형님이 한 번 코를 골기 시작하면 그때는 자려고 해도 절대 잘 수가 없을 테니까요."

강만리는 그 이마를 한 대 쥐어박을까 하다가 참으며 자신도 화군악처럼 팔베개를 하고 드러누웠다.

내일 또 온종일 머리를 굴리려면 오늘은 푹 쉬어야 했다.

이내 강만리는 코를 드르렁거리고 잠들었다. 모용현아를 비롯한 몇몇 사람들은 그제야 비로소 화군악의 말을 이해할 수가 있었다.

6장.
이이제이(以夷制夷)

"자신(自信)과 자만(自慢)은 동전의 앞뒤와 같다.
또한 밤과 새벽처럼 그 경계를 가름할 수가 없으니,
언제 밤이 지나고 새벽이 오는지 늘 조심하고 주의해야 한다.
그게 승패를 가름하는 분수령(分水嶺)이니까."

이이제이(以夷制夷)

1. 하나가 되어야 하오

강만리의 예측은 정확했다.

천하를 모두 태워 버릴 것만 같았던 산불은 새벽이 되면서 기세가 꺾이더니, 이윽고 아침나절이 되자 잿더미가 된 산허리만을 남기고 자취를 감췄다.

화마가 휩쓸고 지나간 자리는 처참할 지경이었다. 이천여 무림 고수들이 야영을 펼쳤던 자리 역시 남아 있는 게 하나도 없었다. 그나마 챙겨 왔던 얼마 되지 않은 짐보따리들마저 송두리째 재가 되어 사라졌다.

무림 고수들은 망연한 기색이었다.

갈아입거나 걸쳐 입을 옷가지는 물론, 약간의 육포와

벽곡단, 물과 술이 들어 있는 호리병과 가죽 부대까지 모든 것들이 재로 변한 것이었다.

졸지에 이재민(罹災民)이 되어 버린 그들 중 일부는 화군악과 무림오적의 뒤를 쫓는 걸 포기한 채 등을 돌려 산을 떠나기도 했다.

반면 뒤늦게 문무쌍절 장녹화 등의 무림 고수들이 살해 당한 소식을 전해 들은 고수들은 반드시 복수해야 한다고 부르짖으면서 화군악들을 그대로 떠나보낸 동료들을 비난하기도 했다.

"네가 그 자리에 없었으니까 그런 소리를 하는 거야. 그 자리에서 놈들의 신위를 직접 봤다면 너도 결국 우리처럼 한 걸음도 움직이지 못했을 거다."

당시 문무쌍절들의 죽음을 지켜본 무림 고수들은 그렇게 항변할 법도 했으나, 결국 그들은 입을 열지 않았다.

어쨌거나 적을 눈앞에 둔 채 두려움과 공포에 질려 꼼짝하지 못한 건 그들이었기에 그 수치심과 무너진 자존심과 체면이 그들을 침묵하게 했다.

그렇게 수많은 이들이 갈피를 잡지 못하고 어찌해야 할지 모르는 상황이었으나 누구 하나 나서서 그들의 앞길을 제시해 주는 이가 없었다.

당연한 일이었다. 건곤가를 대표하는 황기당주 사봉정이 죽었다. 무림 고수를 대표할 수 있는 문무쌍절과 산서제일권도 어처구니없는 죽음을 맞이했다.

 이런 상황에서 그 누구도, 개개인의 특성과 성격이 강하고 뾰족한 이 많은 무림 고수들을 하나로 묶을 수가 없었다.

 그렇게 해가 중천에 뜰 때까지 사람들이 중구난방 떠들어 대자, 이윽고 몇몇 현명하고 냉정한 이들이 앞장서서 중지(衆志)를 모으기 시작했다.

 "우선 수장(首長)이 필요하오. 지금까지 해 왔던 것처럼 자신만이 공을 세우겠다고 다투다가는 그야말로 오합지졸, 지리멸렬하게 될 것이오."

 "아니오. 그 전에 먼저, 계속해서 놈들을 뒤쫓을지부터 결정하는 게 순서요. 놈들은 여진과 손을 잡았소. 놈들을 쫓는다는 건 결국 여진과 싸우겠다는 뜻이 되오. 어쩌면 이미 우리의 손을 떠났다고 해도 과언이 아니오. 어제 일만의 전사를 지휘하는 패륵이 그리 말했다고 하지 않았소? 칸이 옹립되었다고 말이오."

 "패륵 이야기가 나와서 하는 말인데 다들 뭔가 이상하다는 점을 느끼지 못하셨소? 분명 수천 필의 말이 이곳으로 달려오는 소리를 들었는데, 왜 그 말들이 지금까지 한 마리도 보이지 않는 것이오?"

 "아! 돌이켜 보니 확실히 수상한 대목이 한둘이 아니오. 무엇보다 은자 백만 냥이라는 거액을 마다하고 우리와 싸운 여진족이 왜 갑자기 승리를 목전에 둔 채 물러났는지도 의아한 일이오. 또한 기습을 당한 동료들에게 물어봤지만 다들 두어 명의 사내 혹은 다섯 명 정도의 노인들에게 당했다고 말하더이다. 즉, 대규모의 기습은 없었다는 뜻이오."

일순 무림 고수들의 눈빛이 반짝였다.

하북칠의 중 한 명이 계속해서 말을 이어 나갔다.

"그 모든 상황을 두고 추측하건대 놈들의 병력은 생각보다 많지 않은 듯싶소. 즉, 놈들은 허장성세의 계략을 펼친 것이고, 그 허장성세에 놀란 우리가 스스로 물러나기를 바라고 있는 것 같소."

지금 그렇게 논리적으로 추론을 펼치는 이는 하북칠의의 대형(大兄)인 순후검협(淳厚劍俠) 고천룡(高天龍)이라는 인물이었다.

평소 그는 의협심이 넘치고 인정이 많으며, 매사 공정한 의견을 내놓기로 유명해서 뭇 강호인들에게 경의와 존경을 받는 인물이었다.

지금도 그러했다.

이곳에 모인 무림 고수들 모두 개성과 자존심이 강한 자들이었지만, 고천룡이 이야기를 이어 나가자 중구난방 떠들어 대던 그들 모두 입을 다문 채 하나같이 그의 말에 귀를 기울였다.

그런 가운데 고천룡은 침착한 어조로 계속해서 자신의 의견을 피력했다.

 "또한 굳이 산불을 내서 우리의 물자를 훼손시킨 것 역시 더는 우리가 놈들을 쫓지 못하게 하기 위함이었을 게 분명하오. 만약 여진족의 일만 대군이 달려오는 중이라면 굳이 산불을 낼 필요도, 또 기습을 감행할 이유도 없단 말이오. 그건 즉, 여진족의 대군은 애당초 존재하지 않는다는 의미가 될 수 있소이다."

 군웅(群雄)은 점차 그의 이야기에 빠져들었다. 확실히 그의 말은 논리적이었으며, 또한 기대와 희망을 품게 해주는 이야기이기도 했다.

 무엇보다 여진의 군대가 존재하지 않는다는 주장은 확실히 군웅들의 꺾인 의지와 사기를 되살려 주었다. 조금 전과는 달리 군웅들의 표정이 밝아졌고 눈빛이 되살아났다.

 고천룡의 말이 끝나자 사람들은 고개를 끄덕이며 한마디씩 보태었다.

 "흐음. 곰곰이 생각해 보니 고 대협의 말씀이 확실히 맞는 것 같소이다. 만약 일만의 여진족 군대가 이곳으로 달려오는 중이었다면, 결코 놈들이 먼저 퇴각할 리가 없으니 말이외다."

 "우리가 당황하고 들떠 있을 때 이렇게 홀로 냉철하고 명료하게 상황을 정리하시다니, 역시 하북칠의의 수좌인고 대협답소이다."

"허허, 별말씀을 다 하시는구려."

군웅들의 칭찬을 받은 고천룡이 쑥스러워할 때, 또 다른 중년 사내가 동료들을 둘러보며 입을 열었다.

"고 대협의 말씀을 들어 보면 아무래도 화군악이라는 자와 다른 무림사적이 합류한 모양이오. 이제 그들에게 걸린 현상금은 나중의 일이 되었소. 나는 현상금을 포기하고 대신 죽어 간 형제들에 대한 복수를 선택하리다!"

중년 사내의 거친 목소리가 군웅들의 가슴을 두근거리게 했을까. 다른 자들 역시 고개를 끄덕이며 일제히 현상금을 포기하고 복수를 선택하겠다며 소리쳤다.

중년 사내는 계속해서 말했다.

"어쨌든 그 다섯 놈을 상대하려면 우리도 하나가 되어야 하오."

"맞소."

"옳은 말이오. 생각보다 무림오적이라는 놈들은 강하오. 어제처럼 뿔뿔이 흩어진 상황에서 싸우다가는 또 똑같은 결과가 야기될 뿐이오."

사람들의 동의에 힘입어 중년 사내는 계속해서 말을 이어 나갔다.

"그래서 나는 고 대협을 우리의 수장으로 추천하오. 하북칠의의 의협심이야 세상 그 누구도 모르지 않고, 또한 고 대협의 순후구천검법(淳厚九天劍法)은 강호 일절로 소문날 정도이며, 무엇보다 조금 전 보여 주었던 그 냉철함과 명석함이야말로 지금 위기에 처한 우리를 하나로 묶기에 충분하다고 생각하오. 다른 분들의 고견은 어떻소?"

"찬성이오."

"확실히 우리 중에서는 고 대협이 제일 낫다고 생각하오."

"좋은 의견이오. 고 대협보다 의협심이 뛰어나거나 혹은 무공이 강하거나 혹은 지혜가 뛰어난 자는 있을지 몰라도 그 세 가지 모두 고 대협을 능가하는 이는 없으니 말이오."

군웅들의 의견은 쉽게 하나로 모였다.

고천룡이 난감한 표정을 지으며 하북육의를 돌아보았다. 하북육의도 고개를 끄덕이며 찬동했다.

"누구보다 대형이 저 문무쌍절 장 대협과 산서제일권 오 대협과 가장 친분이 깊었으니, 그 복수의 책임을 맡는 것도 나쁘지 않다고 봅니다."

"형님께서 앞장서시면 우리가 그 뒤를 따르겠습니다."

2. 길잡이

하북칠의는 원래 동문수학(同門修學)한 자들이 아니었

다. 각자 서로 다른 사부에게 서로 다른 무공을 익히고 서로 다른 지역에서 활발한 활동을 이어 가던 그들이 하북칠의라는 이름 아래 하나로 뭉치게 된 것 역시 순후검협 고천룡 때문이었다.

평소 고천룡의 명성을 존경하던 이들이 어느 날 한자리에 모여 그와 함께 사흘 밤낮 동안 술을 마셨는데, 한 치도 흐트러지지 않는 모습과 누구를 대하든 똑같은 태도에 감복한 이들이 무릎을 꿇고 대형으로 모시겠다고 선언했다.

물론 고천룡은 함께 무릎을 꿇은 채 그들을 만류했지만 결국 그 고집을 꺾을 수 없게 된 그는 이후 하북칠의라는 이름으로 그들과 고락을 함께하게 되었다.

그 아우들이 일제히 입을 맞춰 말하니 고천룡은 더 이상 군웅들의 제안을 거절할 수가 없게 되었다. 고천룡은 크게 한숨을 내쉰 다음 천천히 고개를 끄덕이며 입을 열었다.

"비록 부족한 고 모(某)이지만, 여러 형제들 뜻이 그러하시니 무림오적을 해치우고 죽은 형제들의 복수를 하는 데 최선을 다하겠소이다."

군웅들은 일제히 환호했다.

무너졌던 사기는 하늘에 닿았고, 싸늘하게 식었던 가슴이 다시 불타오르기 시작했다.

그때였다. 환호하던 군웅 중 한 명이 문득 생각났다는 듯이 한쪽을 돌아보며 입을 열었다.

"건곤가는 어찌하시겠소?"

그가 돌아본 곳에는 세 명의 건곤가 사람들이 서 있었는데, 바로 황기당의 부당주 세 명이었다. 그들은 살짝 난감한 표정으로 서로를 돌아보았다.

사실 건곤가가 이 무리의 주체가 되어야 했다. 어쨌든 현상금을 내건 이도 건곤가 측이고, 또 현 무림의 정세를 보더라도 건곤가가 무림의 고수들을 이끌고 무림오적을 주살해야 했다.

하지만 당주 사봉정이 살아 있을 때도 그들은 무리의 주체가 되지 못했다. 워낙 개성이 강하고 무공이 뛰어나며 자존심 높은 무림 고수들이기에 그들을 통솔하여 건곤가의 지휘를 받게 하는 건 확실히 일개 당주의 입장에서는 무리라 할 수 있었다.

산서제일권을 초빙한 건 바로 그러한 이유에서였다. 무림에서 명망이 높고 인맥이 두터운 그에게 무림 고수들의 통솔을 맡게 한 다음, 그와 더불어 계획을 짜서 화군악을 비롯한 무림오적을 없애려 했던 것이었다.

그런데 당주 사봉정은 물론 산서제일권까지 목숨을 잃었다. 이 와중에 건곤가가 '통솔은 우리가 하겠소.'라고 나설 수는 없는 노릇이었다. 또 그렇다고 해서 건곤가만

이이제이(以夷制夷) 〈177〉

독단적으로 움직일 수도 없는 상황이었다.

세 명의 부당주는 서로 눈빛을 교환하며 심사숙고하다가 결국 고개를 끄덕이며 입을 열었다.

"우리도 순후검협의 평소 인망을 존경하는 바, 고 대협의 지시에 따라 움직이겠소이다."

그렇게 해서 추격대의 새로운 통수(統帥)가 정해졌다.

군웅들의 성화를 이겨 내지 못하고 마지못해서 통수가 된 순후검협 고천룡이었으나, 그렇게 자리에 오르게 되자 그는 매우 적극적이고 빠르게 지시를 내렸다.

우선 그는 현재 무리의 수를 확인했다. 이천여 무리 중에서 죽거나 도주한 이들을 제외한 인원의 수는 천오백이었고. 고천룡은 그들을 오백 명씩 삼개 조로 나눴다.

"한 무리는 건곤가가 지휘를 맡고, 다른 한 무리는 개봉부의 천양걸개(闡揚乞丐)께서 지휘를 해 주시기 바랍니다."

건곤가의 세 부당주가 고개를 끄덕였다. 걸개, 즉 거지라는 별호와는 어울리지 않을 정도로 뚱뚱하고 호탕하게 생긴 노인은 역시 호탕하게 웃으며 입을 열었다.

"굿이나 보고 떡이나 먹으려고 쫓아왔거늘, 어찌 이 늙은이에게 그런 벌을 주려 하시는 것이오?"

고천룡은 쓴웃음을 흘리며 말했다.

"매번 굿이나 보고 떡이나 먹으려 하셨으니 이번에야

말로 스스로 굿을 펼쳐 보는 것도 나쁘지 않을 것 같습니다만."

천양걸개는 그 방도(幇徒)의 수가 무려 십만에 달한다고 알려진 개방(丐幇)의 장로였다. 평소 호방하고 인망이 두텁고 인맥이 넓어서 뭇 강호인들의 존경을 받은 인물이었으니, 확실히 한 무리를 맡아 지휘를 내릴 자격이 있었다.

"그리고 남은 한 무리는 이 고 모가 직접 맡겠소이다."

고천룡은 계속해서 진형(陣形)을 이야기했다.

지금처럼 종대로 길게 늘어진 형태로 쫓다가는 외려 놈들의 기습에 당할 공산이 컸다. 그래서 고천룡은 품자 형태의 진형을 생각했고, 선두는 자신이 맡고 왼쪽과 오른쪽을 각각 천곤가와 천양걸개가 맡아 운용하기로 했다.

"그럼 이제 놈들이 어디로 도주했는지 쫓아가야 하는 일만 남았구려."

천양걸개의 말에 문득 한 무림인이 번쩍 손을 들며 앞으로 나섰다.

"그건 제가 전문입니다."

군웅은 일제히 그를 돌아보았다.

언뜻 보면 생쥐처럼 생긴 자그마한 체구의 중년인이었다. 자세히 봐도 생쥐처럼 생긴 그는 새카만 눈동자를 반짝이며 두 손을 모으고 인사했다.

"무창의 우결이 여러 무림 영웅들에게 인사드립니다."

생긴 것과는 달리 그의 정중한 인사에 사람들은 고개를 갸웃거렸다.

"우결?"

"흐음, 처음 들어 보는 이름인데?"

우결이라 스스로 소개한 자는 군웅들의 미묘한 반응에도 불구하고 미소를 잃지 않은 채 재차 입을 열었다.

"평소 무창의 만화원을 떠나지 않아, 저를 아는 분들이 그리 많지 않을 겁니다."

일순 고개를 갸웃거리던 군웅의 표정이 달라졌다.

"만화원!"

"아, 노야의 만화원이었소? 아아, 미안하오. 미처 알아보지 못했소."

"노야의 소식은 익히 들어 알고 있소. 우리가 이렇게 유주까지 놈의 뒤를 쫓은 건 평소 노야에게 입었던 은혜를 조금이나마 갚기 위함이었소."

각 지역의 내로라 하는 고수들이 우결을 향해 정중하고 진지하게 이야기했다. 그들은 노야의 죽음을 안타까워하고, 또 평소 얼마나 노야를 존경했는지 일일이 설명했다.

'기생충 같은 놈들.'

우결은 만면에 미소를 머금은 채 그들의 인사를 일일이 받아 주면서, 속으로는 그렇게 냉소를 흘렸다.

하나같이 다 아는 작자들이었다. 최소한 한 번 이상 만화원에서 마주쳤던 이들이었다.

그러나 그들은 우결을 기억하지 못했다. 만화원을 방문했던 자들의 이목은 온통 노야에게 쏠려 있었고, 그들의 머릿속은 노야가 건네줄 거액의 지원금으로 가득 차 있었으니까.

무림의 고수들이라고 해서 따로 당당한 직업을 가진 자는 그리 많지 않았다. 외려 그들에게는 직업을 갖는 걸 멸시하거나 경시하는 풍조가 있었다.

그렇다면 과연 그들은 뭘 먹고 살아갈까.

물론 집안이 부자인 이도 있었다. 대부분의 세가 사람이 그러했다. 또 사문이 튼실하여 평소 돈 벌 걱정을 하지 않아도 되는 이도 적지 않았다.

그러나 대부분의 무림 고수는 노야와 같은, 각 지역의 호족과 갑부, 거상(巨商)의 지원금과 하사금을 받아먹고 살았다.

즉, 그들의 지원이 끊어진다면 대부분의 무림 고수들은 지금처럼 놀고먹는 생활을 영위할 수 없게 되는 셈이었다.

그래서였다.

그들로서는 생전 처음 보는 우결에게 이렇게 비위를 맞추며 정중하게 대우하는 건, 역시 만화원의 지원이 끊어지지 않게 하기 위함이었다.

만화원의 총관이자 노야의 심복인 삼결 중에서 가장 지혜가 뛰어난 우결이 군웅들의 그런 속내를 모를 리 없었다.

하지만 우결은 여전히 침착하고 차분한 어조로 자신의 능력을 소개했다.

"제가 다른 재주는 그리 없으나 사람을 뒤쫓고 기척을 감지한 건 저 일교부송(一咬不松) 광견(狂犬)에 뒤떨어지지 않는다고 감히 자부합니다."

일순 군웅들의 표정이 달라졌다.

"으음, 일교부송 광견이라……."

"일교부송 광견이라니, 그가 누구지?"

"허어, 자네는 아직도 광견 이야기를 듣지 못했나? 왜, 추격에 관해서는 천하제일이라고까지 불리던 자였는데."

사람들은 저마다 다른 반응을 보이며 생쥐처럼 생긴 중년인을 바라보았다.

일교부송은 곧 한 번 물면 절대 놓치지 않는다는 뜻으로, 끈질긴 추격의 대명사라 할 수 있는 광견의 또 다른 별명이었다.

사실 일교부송 광견은 그 능력을 제대로 인정받지 못하다가, 지난날 악양부에서부터 강만리 일행의 뒤를 쫓다가 결국 목숨을 잃고 말았다.

하지만 그 과정에서 보여 준 추격 능력으로 인해 뒤늦게 그 명성(名聲)이 외려 더 높아졌다고 할 수 있었으니, 이른바 '죽고 나서야 이름을 떨친다'는 격이었다.

그런 까닭에 아직도 일교부송 광견에 대해서 모르는 사람도 있었으며, 반면 그의 추격 능력을 전해 듣고 높이 평가하는 이들도 적지 않았다.

순후검협 고천룡은 가만히 우결의 얼굴을 바라보았다.

눈빛이 매번 달리 반짝이는 걸 보면 이런저런 꿍꿍이속이 깊다는 걸 알 수 있었다. 이런 사내는 언제든 뒤통수를 치거나 배신할 확률이 높았다.

하지만 이번 사태가 발발한 만화원의 가신이자, 죽은 노야에 대한 복수심 하나만큼은 넘쳐흐르는 것 같았으니, 최소한의 신뢰 정도는 줘도 될 것 같았다.

잠시 생각하던 고천룡은 우결을 바라보며 입을 열었다.

"만화원에서 홀로 오지는 않으셨을 텐데."

우결이 빙긋 미소를 머금으며 말했다.

"물론입니다. 동원할 수 있는 모든 병력을 이끌고 왔으나 대부분 실력이 부족하여 아직 이곳에 당도하지 못한 줄로 압니다."

일순 군웅들 사이에서 헛웃음이 흘러나왔다. 우결은 전혀 창피해하지 않은 채 말을 이었다.

"하지만 반드시 도움이 될 겁니다. 제가 여러 영웅들의 길잡이가 되어 드리듯, 그들 또한 어딘가에 반드시 쓸모가 있을 겁니다."

고천룡은 가만히 생각하다가 고개를 끄덕이며 말했다.

"알겠소. 그럼 잘 부탁드리오, 우결. 부디 놈들의 코앞으로 우리를 안내해 주시기 바라오."

우결이 정중하게 두 손을 모았다.

"물론입니다."

그리하여 우결을 앞세운 천오백의 무림 고수는 불타 잿더미로 변한 산을 넘어, 화군악과 강만리들이 남긴 자취를 뒤쫓기 시작했다.

3. 자신(自信)과 자만(自慢)

"그나저나 그 대지를 진동하던 말발굽 소리는 무엇이었을까요?"

"흠, 글쎄. 어딘가에서 눈사태나 산사태가 일어나는 소리가 아니었을까?"

"그렇군요. 하기야 언제 눈사태나 산사태가 일어날지 모르는 곳이기는 하니까요."

"눈사태 이야기가 나와서 하는 말인데, 왠지 큰 눈이

내릴 것 같지 않습니까? 하늘이 우중충하고 낮게 내려앉은 걸 보면 말입니다."

"겪어 보지는 않았지만 이 북해 일대는 어느 순간 갑자기 눈이 내린다고 하더군요. 그것도 순식간에 무릎까지 쌓일 정도의 폭설이 말이죠. 그래서 아무 생각 없이 산을 넘다가 그대로 눈 속에 갇혀 동사하는 경우가 왕왕 있다고 들었습니다."

"그렇게 눈이 퍼붓기 전에 최대한 놈들을 찾아내야 하는데 말일세."

"그래서 대형께서 굳이 수색조를 구성한 게 아니겠습니까? 그 우결이라는 자만 믿지 않고 천오백 무리 중에서 추격에 탁월한 능력이 있는 삼십여 명을 선출하여 삼 개 조로 나눈 것 역시 최대한 빨리 무림오적을 색출하고자 함이 아니었습니까?"

"그래서 나도 대형의 판단에 탄복하고 있네. 마치 예상하여 미리 준비해 둔 것처럼 어찌 그렇게 척척 지시를 내리는지 모르겠더라니까."

하북칠의 중 둘째의 말에 다른 의제들이 일제히 고개를 끄덕이며 동감했다.

기실 강호 무림인 대부분은 외로운 늑대나 호랑이 같은 족속들이었다. 조직이라는 테두리와 규율이라는 족쇄를 가장 싫어하는 부류이기도 했다.

이이제이(以夷制夷) 〈185〉

그래서 무림인들은 대부분 홀로, 아니면 기껏해야 열 명도 되지 않은 무리를 지어 움직였다. 심지어 그 무리조차도 특별한 규율이나 강령은 존재하지 않았다.

반면 오대가문이나 구파일방은 달랐다. 그들은 체계적으로 조직을 만들고 강력한 규율을 적용하여 뭇 제자와 수하들을 다스렸다. 인원이 많으면 많을수록 조직의 구성과 엄격한 규율이 필요한 건 당연한 일이었다.

순후검협 고천룡은 졸지에 천오백 무리의 우두머리가 되었다. 조직이나 군율을 전혀 모르는 그가 천오백 무리를 제대로 이끄는 건 사실 상당히 힘든 일이었다.

게다가 무엇보다 무림인, 특히 일정한 실력 이상을 지닌 고수들은 방약무인(傍若無人), 독불장군(獨不將軍), 유아독존(唯我獨尊)의 태도를 보이는 터라 그들에게서 충성심을 끌어내는 건 거의 무리였다.

하지만 고천룡은 의외로 그 역할을 차분하고 냉정하게 수행했다. 조직이나 군율에 관해서는 건곤가의 부당주들로부터 조언을 듣고 수하를 움직이게 하는 건 개방의 노장로인 천양걸개의 도움을 받았다.

또한 수색대를 우결에게만 맡기지 않고 삼십 명의 고수를 선출하여 삼개 조로 나눠 화군악들의 흔적을 쫓게 한 것 역시 고천룡의 생각이었다.

"한 명보다는 열 명이, 열 명보다는 서른 명이 나을 테니까."

고천룡은 그렇게 중얼거리며 산 아래를 내려다보았다.

날씨가 흐려서 희뿌연 시계 저편으로 개미처럼 꿈틀거리며 움직이는 그림자들이 있었다. 바로 우결을 비롯한 수색대였다.

그들은 산길 곳곳을 세밀하게 살피면서 화군악 일행이 남겼을 흔적을 찾는 중이었다. 그 과정은 매우 느리고 지루하여, 산등성이에서 가만히 구경하는 것마저도 힘들 지경이었다.

하지만 고천룡은 한 치의 흔들림 없이 그 광경을 내려다보고 있었다. 마침 한쪽 구석에서 두런두런 대화를 나누던 하북육의가 그에게 다가왔다.

"어떻습니까?"

"글쎄. 아직 모르겠다."

고천룡은 고개를 저었다.

"의외로 놈들이 제대로 흔적을 지우고 도망친 모양이다. 수색대들이 저리 곤혹스러워하는 걸 보면 말이지."

"그래도 우리에게는 천오백의 고수가 있지 않습니까? 흔적만 찾게 되면, 놈들이 도망친 방향만 알게 되면 바로 뒤쫓아 해치울 수 있을 겁니다."

"그런 마음가짐이 가장 위험한 게야."

고천룡은 차분한 어조로 막내에게 말했다.

"자신(自信)과 자만(自慢)은 동전의 앞뒤와 같다. 또한 밤과 새벽처럼 그 경계를 가름할 수가 없으니, 언제 밤이 지나고 새벽이 오는지 늘 조심하고 주의해야 한다. 그게 승패를 가름하는 분수령(分水嶺)이니까."

고천룡은 잠시 말을 멈췄다가 막내에게 물었다.

"지금 너는 자신하고 있느냐, 아니면 자만하고 있느냐?"

하북칠의의 막내이지만 그래도 강호에서는 소수비협(素手匕俠)이라는 별호로 널리 알려진 한승의(韓承義)는 머뭇거리다가 고개를 숙이며 대답했다.

"죄송합니다. 자만하고 있었습니다."

"그래. 그래서 조심해야 한다는 게다. 자신감을 넘어 자만하는 순간이 가장 위험한 법이니까."

문득 고천룡의 목소리가 부드러워졌다 싶을 때였다. 산 아래쪽에서 새하얀빛이 반짝였다. 드디어 놈들의 흔적을 찾았다는 신호였다.

"재미있게도……."

고천룡은 고개를 끄덕이며 중얼거렸다.

"방심과 자만은 꼭 우리만 하는 게 아니지."

놈들이 남기고 간 미미한 흔적을 찾은 건 우결이었다.

"어림없다. 감히 내 눈을 속이려 하다니."

우결은 냉랭하게 코웃음을 쳤다.

사실 놈들도 만만치 않았다. 그렇게 급하게 퇴각하는 와중에도 남아 있던 흔적을 모두 지운 걸 보면 최소한 추격술에 관해 잘 알고 있었다. 삼십 명의 수색대가 한나절 동안 주변 일대를 샅샅이 뒤졌음에도 불구하고 손톱만큼의 흔적도 찾아내지 못했으니까.

하지만 수색대에는 우결이 있었다. 무창삼결이라 불리는 노야의 심복 중에서 가장 지혜가 뛰어나며 추격술과 은잠술의 달인인 그가 있었기에, 말 그대로 나뭇가지에 걸려 있던 머리카락 한 올의 흔적을 찾아낼 수가 있었던 것이었다.

"머리카락이 걸린 상태를 보건대 동쪽으로 도주한 게 분명합니다."

우결은 자신의 신호를 받고 산등성이를 내려온 고천룡을 향해 정중하게 말했다. 고천룡은 고개를 끄덕이며 계속해서 놈들의 흔적을 뒤쫓으라고 지시했다.

삼십 명의 수색대는 우결을 필두로 하여 동쪽으로 이동하기 시작했다. 고천룡과 천오백의 무리는 그들이 이동하는 경로를 따라 천천히 움직였다. 마치 거대한 물줄기가 산길을 거스르며 지나가는 듯한 광경이었다.

우결은 조급해하지 않았다. 아무리 흔적을 지우며 도주했다 할지라도 결국에는 사람인 이상 완벽하게 흔적을 지울 수는 없는 노릇이었으니까.

우결이 처음 발견했던 머리카락이나 두 번째로 찾아낸 부러진 나뭇가지나 세 번째로 발견한 실오라기 같은 흔적들이 바로 그런 사실을 증명하고 있었다.

우결은 느릿하지만 꾸준히, 쉬지 않고 동쪽으로 이동했다.

날이 어두워지고 다시 날이 밝았다. 그렇게 추격을 시작한 지 하루가 지나고 이틀째로 접어들었을 때, 화군악들이 남기고 간 흔적은 거대한 회랑(回廊)처럼 생긴 협곡으로 이어졌다.

"대망회랑(大蟒回廊)이로군."

구불거리며 길게 이어진 협곡. 입구에서 출구까지는 대략 칠백여 장 이상 되는 거대한 협곡이었다. 이무기[大蟒]가 기어간 흔적이 회랑처럼 만들어졌다고 해서 붙여진 명칭이 곧 대망회랑이었다.

관동, 만주의 거대한 대륙에는 팔자(八字) 형태로 된 두 개의 커다란 산맥이 있었다. 왼쪽의 산맥을 대흥안령산맥, 오른쪽의 산맥을 소흥안령산맥(小興安嶺山脈)이라고 하는데, 이 대망회랑은 남북으로 이어진 소흥안령산맥을 동서로 가로지르는 협곡이었다.

즉, 대망회랑을 통하면 산맥을 넘는 것보다 몇 배는 빠르게 동서로 왕래할 수 있었다. 그리고 화군악들이 남긴 흔적은 그 대망회랑을 통해 동쪽으로 향하고 있었다.

"아무래도 진짜 여진족과 손을 잡은 모양이군그래."

개방의 천양걸개가 눈살을 찌푸리며 중얼거리자 하북칠의 중 한 명이 분개하며 말했다.

"어찌 이 나라 사람으로 여진족과 손을 잡을 수 있단 말인가! 이건 백성의 도리가 아니며, 천륜과 인륜을 모두 내팽개치는 일이다!"

그의 말에 다른 무림의 고수들 또한 함께 격정을 토해냈다. 오직 고천룡만이 침착하고 냉정한 눈빛으로 대망회랑으로 들어서는 입구를 지켜보고 있었다.

그렇게 무림오적을 향한 성토가 이어지고 있을 때, 건곤가 황기당의 부당주 중 한 명이 고천룡을 향해 조심스레 입을 열었다.

"만약 놈들이 여진의 대군과 합류한다면 그때는 돌이킬 수 없는 상황이 벌어질 것이외다. 그러니 최대한 빨리 놈들의 뒤를 쫓아 죽여야 할 것이오."

또 다른 부당주가 말했다.

"수색대의 보고에 따르자면 마지막으로 발견한 흔적으로 추정하건대, 놈들과의 거리는 불과 반나절 정도라고 하더이다. 즉, 우리가 더욱 속도를 올리면 아마 오늘 해가 떨어지기 전에 놈들의 뒤를 따라잡을 수 있을 것이외다."

옳은 말이었다. 당연한 말이었다. 주변 모든 이가 고개를 끄덕이며 동조했다.

하지만 여전히 고천룡은 아무 말도 하지 않았다.

"뭔가……."

고천룡은 문득 하늘을 올려다보며 중얼거렸다.

"느낌이 좋지 않구려."

엊그제부터 우중충하던 하늘이 한껏 내려앉아 있었다. 힘껏 뛰어오르면 잿빛 하늘이 손에 닿을 정도였다. 아무래도 큰 눈이 금방이라도 쏟아질 것 같았다.

고천룡이 머뭇거리는 건 바로 그 이유에서였다. 대망회랑으로 들어섰다가 혹시라도 폭설을 맞게 된다면, 그때는 오도 가도 못할 상황에 부닥칠 수가 있었으니까.

"설마 눈 때문에 발목이 잡히지는 않을 겁니다. 이곳에 모인 사람들은 아무리 눈이 쏟아진다고 할지라도 빠져나올 수 있는, 최소한 그 정도 능력은 지닌 자들이니까요."

부당주의 말은 여전히 옳았다. 고천룡의 명령을 기다리고 있는 천오백 무리 중 강호에서 일류 혹은 절정으로 분류되는 고수가 아닌 이가 없었다.

답설무흔(踏雪無痕)까지는 아니더라도 그와 비슷한 경신술과 경공술을 펼칠 수 있는 고수들이었다. 아무리 폭설이 쏟아져도 그 쌓인 눈 위를 나는 듯 내달릴 수 있는 능력이 있는 자들이었다.

심사숙고 끝에 고천룡은 고개를 끄덕였다.

"좋소. 최대한 속도를 올려서 놈들을 잡읍시다. 놈들이 여진족 무리와 합류하기 전에 말이오."

마침내 그의 지시가 떨어졌다.

그의 명령은 각 부대의 대장을 통해, 부관을 통해, 조장들을 통해 천오백 모든 고수들에게 전해졌다. 선두에서부터 파도처럼 함성이 퍼져 나갔다.

동시에 선두의 무리가 일제히 경공술을 펼치며 대망회랑으로 날아들었다. 뒤를 이어 천오백의 대규모 무리가 수십 명씩 열(列)을 진 채 경공술을 펼쳤다.

대망회랑은 그 길이만큼 너비도 넓어서 수십 명의 무림인이 어깨를 나란히 하고 질주해도 넉넉할 정도로 거대한 협곡이었다.

협곡 안에 들어선 선두의 무리가 순식간에 백여 장의 거리를 주파했을 때였다. 갑자기 잿빛 하늘이 무너지는가 싶더니 이내 새하얀 함박눈이 바람과 함께 천지를 뒤덮기 시작했다.

조금 전 고천룡이 망설였던, 바로 그 폭설이 쏟아지기 시작한 것이었다.

"모두 전속력으로 질주하라!"

고천룡이 크게 외치며 협곡을 내달렸다. 주변의 절정고수들도 말보다 빠른 속도로 경공술을 펼쳤다.

그때였다.

협곡 저편, 동쪽 어딘가에서 산사태가 일어나는 듯한 혹은 눈사태가 벌어지는 듯한 굉음이 우르르 들려왔다. 그 굉음은 마치 거대한 둑이 무너지며 범람하는 물줄기처럼 세찬 속도로 대망회랑을 따라 빠르게 질주해 왔다.

고천룡의 안색이 급변했다.

그의 귀가 쫑긋거렸다. 협곡 저 멀리서 들려오는 굉음은 어디선가 들어 본 소리였다.

수천 필의 말이 일제히 내달리며 내는 말발굽 소리! 거기에다가 천지가 뒤흔들릴 정도로 거대한 진동이 대망회랑의 동쪽 입구에서부터 지면을 타고 흘러들었다.

"적이다!"

고천룡이 악을 쓰듯 부르짖었다.

"퇴각하라! 퇴각하라!"

7장.
대망회랑(大蟒回廊)

"제갈량이 왜 나왔느냐면 말이오.
그가 동남풍(東南風)을 기다리는 마음이 어땠는지 알 것 같았기 때문이었소."
"동남풍이요?"
"그렇소, 동남풍."
강만리는 하늘을 올려다보았다.
조금 전보다 확실히 더욱 잿빛으로 짙어진 하늘이었다.

대망회랑(大蟒回廊)

1. 동남풍(東南風)을 기다리는

"그래도 어느 정도는 남겨 둬야 하지 않겠습니까?"
"아니. 그럼 눈치챌 거야. 하나도 없이, 완벽하게 지워 내."
강만리의 말에 화군악은 뭔가 구시렁거리면서 자신들의 흔적을 지우기 시작했다.
강만리는 그를 외면하고는 주위를 둘러보았다. 모용세가 사람들까지 수십 명이 나서서 이곳에 머물렀던 흔적을 모두 없애는 중이었다.
연신 투덜거리면서 기척을 지우던 화군악이 도저히 안 되겠다는 듯 강만리에게 다가와 따지듯 입을 열었다.

"아니, 이렇게 깨끗하게 지우면 놈들이 어떻게 우리의 뒤를 쫓아온답니까? 그래도 몇몇 흔적은 남겨 둬야 그 흔적을 통해 우리를 따라오지 않겠습니까? 형님이 말했던 그 대망회랑인가 뭔가 하는 곳까지 말입니다."

강만리는 잠시 화군악을 바라보다가 가볍게 한숨을 쉬고는 물었다.

"내가 누구더냐?"

"그야 강 형님이잖습니까? 무림포두 강만리."

"무림포두라는 별명 전의 직업이 뭐냐 말이다."

"아, 사천에서 제일가는 포두 말씀이십니까?"

"그래. 나는 전직 포두였다. 그것도 검거율이 상당히 좋은 포두."

강만리는 어깨를 으쓱거리며 말을 이었다.

"범인이 남긴 흔적과 단서를 쫓아 수사하고 범인을 색출하는 게 포두라는 직업이지. 그리고 나는 십여 년 이상 수많은 사건 현장에서 그 흔적과 단서를 찾아 범인을 쫓았고."

"그런데요?"

"그 수많은 작업 속에서 내가 깨달은 건 오직 하나뿐인 진실이다. 그 누구도 완벽하게 흔적을 지울 수 없다는 사실 말이다."

"에에, 그건 말이 안 되는데요? 그렇다면 완전범죄라는 게 있을 수가 없잖아요?"

"그래, 있을 수 없지."

"하지만 현실은 다르잖아요? 수십 년 동안 해결하지 못하고 미궁에 빠진 사건들이 얼마나 많은데요."

"그건 포두들이 잘못했기 때문이다."

"네?"

"애당초 처음 수사할 때 충분히 찾아냈어야 할 흔적과 단서들을 놓쳤기 때문이지. 게을렀거나 혹은 무능했거나 혹은 다른 일로 바빴거나. 어쨌든 제대로 훈련을 받고 적잖은 경험을 쌓은 자가 처음부터 세심하고 치밀하며 끈질기게 조사했다면, 미궁에 빠질 사건은 존재하지 않는다는 뜻이다."

"에이, 그게 뭡니까? 그렇게 따지자면 범인 역시 더 완벽하고 세심하고 깨끗하게 흔적을 지운다면 그 어떤 포두에게도 들키지 않을 수 있다, 이렇게 돌려 말할 수도 있잖습니까? 아! 만약 형님께서 범죄자가 되어 범죄의 흔적을 치운다면 어찌 될 것 같습니까?"

"그건 또 다른 이야기다."

강만리는 머쓱한 표정을 지었다. 표정을 보아하니 이번에는 화군악의 언변에 눌려 자가당착(自家撞着)의 상황에 빠지게 된 듯했다.

화군악은 오래간만에 기분 좋은 미소를 지으며 말을 이었다.

"또 만에 하나, 저들에게 뛰어난 추격자가 없다면요? 우리가 완벽하게 지운 흔적을 찾아내 그 뒤를 쫓아올 정도의 능력을 지닌 자가 없다면요?"

"설마."

그렇게 말하는 강만리의 표정에 살짝 불안한 기색이 감돌았다.

대충 흔적을 남겨 두면 상대방이 함정이라고 눈치챌 공산이 컸다. 반면 최선을 다해 흔적을 지우게 되면 그 실마리를 찾지 못할 수도 있었다.

그러니 강만리는 그 적절한 타협점을 만들어 내야 했다. 순간의 고민과 불안에 흔들리던 눈빛을 감추지 못하던 강만리는 결국 참지 못하고 화군악을 향해 빽! 크게 소리쳤다.

"그런 건 내가 다 알아서 할 테니 너는 가서 흔적이라는 흔적은 다 치워 버리라고. 이렇게 나와 말싸움을 할 시간에 말이다."

"네, 네. 알겠습니다. 전직 포두의 말씀이시니 쥐 죽은 듯 아무 말 하지 않고 따라야겠죠."

화군악은 끝까지 이죽거리며 주변 흔적을 지우러 나섰다.

강만리는 머뭇거리다가 제 머리카락 한 올을 잡아 끊은 다음 나뭇가지 사이에 살짝 끼어 두었다. 그러고는 힐끗 산등성이 쪽으로 시선을 돌리며 중얼거렸다.

"적어도 이 정도는 발견해야 하는데."

* * *

"발견한 모양입니다."

화군악이 기뻐하며 말했다.

"놈들의 수색대가 동쪽으로 이동하고 있습니다. 비록 속도는 느리지만 그래도 확신을 두고 움직이는 모양새가, 아무래도 우리가 깨끗하게 지웠다고 생각한 흔적을 찾아낸 것 같습니다. 이야! 역시 강 형님이 옳았습니다. 완벽하게 지운다고 해서 모든 흔적이 다 지워지는 건 아닌가 봅니다."

"허험."

강만리는 헛기침을 하며 어깨를 으쓱거렸다.

"내가 하루 이틀 포두 노릇을 했더냐? 그래, 이동하는 속도는 어떻더냐?"

"확실히 느립니다. 중간에 샛길이 많고 산길이 많다 보니 갈림길이 나올 때마다 꽤 오랫동안 주저하고 있습니다. 대망회랑까지는 아마도 이틀 정도 걸리지 않을까 싶습니다."

"그래?"

강만리는 힐끗 하늘을 올려다보았다.

한낮임에도 불구하고 우중충한 하늘이었다. 잿빛으로 물든 하늘이 한껏 내려앉아 있었다. 그 하늘을 본 섬예는 물론 모용세가 사람들도 입을 맞춰 말했다.

"이삼일 내에 걷잡을 수 없을 정도의 폭설이 쏟아질 것 같습니다."

강만리는 가볍게 눈살을 찌푸리며 엉덩이를 긁적였다.

"이삼 일이라……. 자칫 하루가 느릴 수도, 빠를 수도 있겠군. 내가 무슨 제갈량도 아니고, 이것 참."

강만리의 혼잣말을 들었는지 모용현아가 고개를 갸웃거리며 입을 열었다.

"제갈량이 왜 나오는데요?"

"아아, 그게……."

강만리는 어디서부터 설명해야 할지 난감한 듯 입을 다물었다.

사실 그가 동료들에게 이야기한 건 이이제이(以夷制夷)의 계략이었다.

그것은 그리 멀리 떨어지지 않은 곳에 대망회랑이라는 거대하고 기다란 협곡이 있다는 사실을 전해 들은 후에 생각해 낸 계략이었다.

또한 동쪽에서 수만의 여진족 대군이 이삼일 거리를 두고 진군해 오고 있다는 사실을 염두에 둔 계략이기도 했다.

강만리가 좀처럼 대답을 하지 못할 때였다. 마침 섬예가 달려와 그에게 보고했다.

"하루 온종일 말을 달리는 것 같지는 않습니다. 아무래도 산을 오르고 계곡을 따라 이동도 해야 하니 최소한 대망회랑까지는 사흘 정도 걸릴 듯싶습니다."

하루에도 열두 번씩 지면에 땅을 대고 진동과 소리를 느끼고 듣던 섬예의 말이었다.

'이틀과 사흘이라.'

강만리는 눈살을 찌푸렸다.

역시 하루 차이가 났다.

'쉽게 먹지는 못할 것 같군.'

강만리는 한숨을 쉰 후 담우천과 장예추를 찾았다. 절벽 아래로 주변 풍광을 둘러보던 두 사람이 곧 강만리에게 달려왔다. 강만리는 엉덩이를 긁적이며 말했다.

"이번에도 형님과 예추가 조금 고생해 주셔야겠습니다."

담우천은 짐작하고 있었다는 듯 고개를 끄덕였다.

"암살을 하라는 건가?"

"네. 먼저 동쪽으로 달려가 여진족 대군이 하루 정도 일찍, 그러니까 이틀 후 대망회랑에 들어오게끔 약간의 소동을 일으켜 주셨으면 합니다."

"그렇게 하지."

담우천이 고개를 끄덕일 때였다.

한쪽 구석에서 귀를 쫑긋거리며 엿듣고 있던 강호오괴가 벼락처럼 달려들었다.

"그건 우리에게 맡겨 주시죠, 큰주인 나리."

"소동이나 소란은 우리 전문이 아닙니까?"

"작은 주인과 달리 큰주인은 성격이 좋아 보인다고 내가 몇 번이나 말했어?"

강호오괴가 앞다퉈 아우성치듯 말하는 바람에 강만리는 귀가 먹먹할 지경이었다. 강만리는 황급히 손사래를 치며 그들을 진정시킨 후 겨우 입을 열었다.

"이건 생각보다 위험한 일입니다."

사고뭉치 도단귀가 가슴을 내밀며 대답했다.

"우리는 원래 위험한 일을 좋아하고 또 즐긴다오."

강만리가 한숨을 쉬며 다시 말했다.

"여진의 대군을 찾는 것도 그렇고, 찾아서 은밀하게 잠입한 후 몇몇 중요한 인물을 죽이고 빠져나오는 것도 그렇고, 또 그들을 이틀 후 정오까지 정확하게 시간을 맞춰서 대망회랑으로 들어서게 하는 것까지 아주 주도면밀한 계획이 필요한 일입니다."

전문가 노행가와 무불통지 노로통이 동시에 입을 열었다.

"그런 일에는 내가 전문가요."

"허어, 시(時)는 물론 각(刻)까지 정확하게 맞춰서 놈들을 움직이게 할 수 있소이다. 노로통이 왜 노로통인지 보여 드릴 때가 온 것 같구려."

강만리는 말문이 막힌 채 담우천과 장예추를 돌아보았다. 담우천이 무심한 얼굴로 고개를 끄덕이며 말했다.

"저리들 말씀하시는데 맡겨도 괜찮을 것 같군."

강호오괴가 뛸 듯이 기뻐하며 담우천에 대한 칭송을 늘어놓았다.

"역시 큰큰주인 나리이십니다!"

"내가 계속해서 말했잖아. 가장 호탕하고 사람 좋아 보이는 분이 큰큰주인 나리라고."

상황이 그렇게 되자 강만리도 더는 어쩔 수 없게 되었다. 그는 강호오괴에게 신신당부했다.

"꼭 시간을 맞춰야 합니다. 촌각까지는 아니더라도 이틀 후 정오, 반드시 그때 여진족 대군이 대망회랑에 들어서야 합니다."

"우리에게 맡긴 건 후회하지 않을 겁니다, 큰주인 나리."

강호오괴는 그렇게 말한 후 곧바로 절벽을 내려갔다. 순식간에 그들의 모습이 시야에서 사라졌다. 강만리의 입에서 저도 모르게 긴 한숨이 흘러나왔다.

그때였다. 모용현아의 목소리가 재차 들려왔다.

"조금 전 제 물음에 답을 주지 않으시네요."

"아아."

강만리는 내심 한숨을 쉬었다.

그는 '왜 이렇게 발목을 잡는 사람들이 많은지 모르겠구나.' 하는 표정을 지으며 모용현아를 돌아보았다. 모용현아는 눈을 동그랗게 뜬 채 진지하게 강만리를 쳐다보고 있었다.

강만리는 머뭇거리다가 천천히 입을 열었다.

"제갈량이 왜 나왔느냐면 말이오. 그가 동남풍(東南風)을 기다리는 마음이 어땠는지 알 것 같았기 때문이었소."

"동남풍이요?"

"그렇소, 동남풍."

강만리는 하늘을 올려다보았다. 조금 전보다 확실히 더욱 잿빛으로 짙어진 하늘이었다.

2. 세 가지 조건

"동남풍이 부는구나!"

얼마나 초조했던지 불과 이틀 만에 얼굴이 반쪽이 된 강만리는 갈라진 잿빛 하늘 사이로 퍼붓는 폭설을 올려다보며 그렇게 부르짖었다.

잿빛 하늘을 새하얗게 뒤덮는 함박눈이 세찬 바람을 뚫

고 천지를 뒤덮었다.

* * *

강만리의 계획이 성공하기 위해서는 세 가지 조건이 하나로 맞아떨어져야 했다.

강만리 일행의 흔적을 뒤쫓아오는 천오백 무림 고수가 이날 오후 소흥안령산맥을 가로지르는 대망회랑의 서쪽 입구로 들어서야 하는 게 첫 번째 조건이었다.

그것도 뒤로 물러나거나 회랑을 빠져나갈 수 없을 정도의 적당한 거리로 들어와야만 했다.

두 번째 조건은 느긋하게 이동 중이던 여진족의 수만 대군을 같은 시각 대망회랑의 동쪽 입구로 들어서게 만들어야 한다는 것이었다.

역시 대망회랑 안쪽으로 깊숙이 들어와서 오로지 전진하는 길밖에 없게 만들어야 했다.

마지막 조건은 바로 그 전후로, 엄청난 폭설이 내려서 회랑 전역이 눈으로 뒤덮여야 했다. 그게 마지막 조건이자, 강만리에게 있어서는 적벽대전(赤壁大戰) 당시 제갈량이 기다리고 기다리던 동남풍과 같은 존재였다.

사람의 힘으로는 도저히 어쩔 수 없는, 그야말로 천우신조(天佑神助)의 도움이 있어야만 비로소 가능한 조건.

무림 고수들보다 그리고 여진족의 수만 대군보다 하루 일찍 대망회랑에 당도한 강만리의 안색은 초췌하기 이를 데가 없었다.
　예까지 오는 동안 강만리의 모든 계획을 전해 들은 모용현아는 딱하다는 시선으로 그를 쳐다보았다.
　'꽤 뛰어난 지략가라고 해서 내심 눈여겨봤었는데, 알고 보니 그저 운에 기대어 계략을 짜는 수준에 불과하네. 게다가 강호오괴라고 해 봤자 수십 년 전의 늙은이들, 그런 자들에게 여진족의 대군을 교란하게 하다니. 애당초 용병(用兵)이라는 걸 전혀 모르는 자야.'
　모용현아 그런 생각을 하는 줄도 모른 채 강만리는 오로지 하늘을 올려다보고 있었다. 금방이라도 폭설이 쏟아질 듯하면서도 좀처럼 잿빛 하늘은 그 문을 열지 않았다.
　"모든 준비가 끝났습니다."
　섬예가 달려와 보고했다. 강만리는 길게 한숨을 내쉬었다. 이번에는 장예추가 달려왔다.
　"서쪽 십여 리 밖에서 천오백 무림 고수가 달려오는 중입니다. 일각이면 대망회랑의 입구에 들어설 것 같습니다."
　십여 리는 일반 성인의 걸음으로 반 시진 넘게 걸리는 거리였다. 그걸 불과 일각 만에 주파해서 대망회랑에 들어서다니, 확실히 일류 이상의 고수들이었다.

강만리가 재차 한숨을 내쉬는 가운데 이번에는 고봉진 인이 달려왔다.

"동쪽 입구 쪽에는 아무런 기척이 없소. 지금 시각이라면 천지가 진동하는 말발굽 소리가 들려와야 하는데⋯⋯ 어쩌면 강호오괴가 실패한 것인지도 모르오."

강만리는 연신 한숨을 내쉬었다.

그가 세운 모든 계획이 송두리째 엎어질 공산이 점점 커지고 있었다.

만약 무림고수나 여진족의 대군 어느 한쪽이든 먼저 대망회랑을 통과하거나 혹은 아예 진입하지 않는다면 그의 계획은 수포로 돌아갔다.

특히 눈이, 그것도 천지를 뒤덮을 정도의 엄청난 폭설이 쏟아지지 않으면 설령 두 무리가 대망회랑 한가운데에서 마주친다고 하더라도 예상만큼의 피해를 주지 못할 터였다.

하지만 강만리는 애써 태연한 표정을 지으며 말했다.

"원래 일은 사람이 꾸미고 결과는 하늘이 낸다 하지 않았습니까? 우리가 할 일은 다 했으니 이제 하늘이 어느 쪽의 편인지 기다리기만 하면 되는 것입니다."

"그건 너무 속 편한 생각이 아닐까요?"

모용현아가 반발하듯 말했다.

"상황의 추이를 보건대 지금이라도 실패를 자인하고 두 번째 계획을 세우는 게 보다 현실적인 것 같은데요."

강만리는 엉덩이를 긁적이며 대꾸했다.

"그건 모용 소저가 신경 쓰지 않아도 되오. 참, 활과 화살은 모든 준비가 끝나셨소?"

"벌써 두 번 확인했어요."

"한 번 더 하시구려."

강만리는 매몰차게 말했다.

모용현아는 표독스럽게 강만리를 노려보다가 "흥!" 하고는 바람 소리 세차게 몸을 돌렸다.

원래 모용세가는 십팔반(十八班) 무기에 정통했다. 특히 말을 탄 채로 활을 쏘는 궁마술(弓馬術)은 강호 그 어느 문파보다도 뛰어났다.

물론 지금은 궁마술이 필요할 때가 아니었다. 그저 강한 힘으로, 정확하게 화살을 상대의 미간에 꽂을 수 있는 능력만이 필요했다.

모용현아가 활과 화살의 상태를 점검하러 가는 뒷모습을 바라보면서 강만리는 고개를 설레설레 저었다. 그러고는 장예추를 향해 한마디 위로의 말을 건넸다.

"앞으로 험난하겠구나."

장예추는 미미하게 고개를 끄덕였다.

모용현아의 표독스러운 성격이야 익히 잘 알고 있었는

데, 얼굴을 다치고 모용중백을 잃고 난 후에는 아무래도 더 날카롭고 까탈스러워진 것 같았다. 전에는 한 마리 야생마와 같았다면 지금은 표범과도 같아 보였다.

"어쨌든 예추 네가 알아서 할 일이니."

강만리가 다시 하늘을 올려다볼 때였다.

서쪽 산등성이 아래에서 몇몇 신형이 말처럼 빠르게 달려오는가 싶더니 그 수는 이내 백 명으로, 다시 오백 명으로 늘었다.

그게 전부가 아니었다. 그 뒤를 따라 먼지를 일으키며 달려오는 이들의 수가 무려 천은 족해 보였다. 강만리가 남긴 흔적을 뒤쫓아 온 천오백 무림 고수의 등장이었다.

강만리는 그 장대한 광경을 내려다보며 저도 모르게 침을 꿀꺽 삼켰다.

행여 자신들이 이곳에 숨어 있는 게 발각되기라도 한다면, 그때는 아무리 담우천들이 천하의 고수라 한들 저 수많은 무리를 상대로 이길 수는 없을 터. 결국 이곳이 강만리와 담우천들의 무덤이 될 것이었다.

"최대한 몸을 숨기도록 하라."

강만리는 빠르게 지시를 내렸다. 마지막 점검을 하느라 이리저리 오가던 이들이 황급히 몸을 숙이고 자리에 엎드려 고개만 살짝 내밀었다.

다행이었다.

무림 고수들은 강만리들의 기척을 전혀 눈치채지 못한 채 거대한 대망회랑의 입구로 빨려 들어가듯 질주했다.

강만리는 그 광경을 지켜보다가 몸을 일으켜 무림 고수들과 경쟁하듯 앞으로 내달렸다.

담우천과 장예추, 그리고 모용세가 사람들 또한 미리 약속된 장소로 돌아가 단단히 준비하고 있었다. 그들의 얼굴에는 긴장과 불안함 등의 여러 감정이 뒤섞여 있었다.

'동쪽은? 동쪽은?'

강만리는 고개를 들어 대망회랑의 동쪽 입구 쪽으로 시선을 향했다. 아직도 아무런 소리도, 기척도 들려오지 않았다.

다급함과 초조한 기색이 강만리의 얼굴을 스치는 순간, 절벽의 지면에 엎드린 채 귀를 댄 채 뭔가 신중하게 듣고 있던 섬예가 한쪽 손을 높이 들어 올렸다.

'드디어 도착한 게로구나!'

동시에 강만리의 얼굴에 반색의 빛이 떠올랐다.

강호오괴가 성공한 것이다. 그들은 강만리의 의도대로 여진족의 대군을 하루 일찍 이곳 대망회랑의 협곡에 들어서게 만든 것이었다.

강만리는 힐끗 모용현아를 바라보았다. 이래도 내 계획이 엉터리더냐 하고 묻는 듯한 표정이었다. 모용현아는 코를 높이 들며 고개를 돌렸다.

드드드드……!

여진의 대군이 진격해 오는 굉음이 강만리에게도 전해졌다. 최소한 일만은 되리라.

'됐다! 이제 남은 건…….'

강만리는 한껏 소리치고 싶은 격정을 억지로 참아 내며 곧 하늘을 올려다보았다.

이제 남은 건 저 잿빛 하늘의 문이 열리고, 그 안 가득 들어 있을 함박눈이 쉬지 않고 내리는 일뿐이었다.

강만리는 초조한 낯으로 오로지 하늘만 쳐다보았다. 무림 고수들은 어느덧 백여 장 안으로 침입한 상황이었다. 천오백 무리 모두가 대망회랑으로 들어섰을 때였다.

두두두두!

거대한 물줄기가 좁은 수로(水路)를 타고 흘러넘치는 쏟아지는 듯한 굉음이 일었다. 동시에 천지가 뒤흔들리는 듯한 진동이 대망회랑 동쪽 입구에서 시작하여 무림 고수들이 내달리는 지점까지 빠르게 퍼져 나갔다.

"적이다! 퇴각하라!"

누군지는 모르겠지만 무림 고수들의 수장은 꽤 빠르게 결단을 내리고 소리쳤다.

하지만 하늘은 그들의 편이 아니었다.

"동남풍이 부는구나!"

오로지 잿빛 하늘만 올려다보고 있던 강만리는 저도 모르게 부르짖었다.

굳게 닫혀 있던 하늘의 문이 우지끈 부서지면서, 그 안 가득 담겨 있던 함박눈이 퍼붓듯 쏟아지더니 순식간에 하늘과 땅을 뒤덮었다.

강만리가 그토록 기다리던 폭설이 세찬 바람과 함께 눈보라가 변했다. 시야는 온통 하얀 눈으로 가려 앞뒤를 분간할 수 없었으며, 어지간한 고함은 그 눈보라 속으로 빨려 들어가 전혀 들리지 않았다.

강만리가 손을 한껏 높이 쳐들면서 크게 소리쳤다.

"시작하라!"

그의 우렁찬 소리에 맞춰 대기하고 있던 이십여 명이 일제히 활을 쏘기 시작했다.

수십 발의 화살이 연이어 쏘아졌고, 곧 수백 발로 변한 화살은 시야를 가리며 쏟아지는 함박눈 사이를 비집고 무림의 고수들 머리 위로 떨어졌다.

폭설과 눈보라로 전혀 시야가 보이지 않는 가운데, 전면에서 으르렁거리며 달려드는 굉음으로 인해 혼란스러운 가운데, 그래도 무림의 내로라 하는 고수들답게 그들은 화살이 날아드는 날카로운 기세를 감지하고는 황급히 몸을 피했다.

화살은 그들의 어깨를 스치거나 혹은 장딴지를 긁으며

바닥으로 떨어졌다. 그 누구도 화살에 의한 치명상은 입지 않았다.

"기습이다!"

"절벽 위다!"

"다들 몸을 피하라!"

무림 고수들은 크게 부르짖으며 절벽 양쪽 끝으로 몸을 날렸다. 퇴각하는 건 이미 무리였다.

뒤쪽에서 밀려드는 군웅들은 아직도 선두에서 벌어지는 일을 전혀 알아차리지 못한 채 전력을 다해 경공술을 펼치며 대망회랑으로 진입했다.

"누가 기습을 한 거지?"

"활은 여진족의 주 무기로 알고 있습…… 으윽."

순후검협 고천룡의 물음에 대답하던 하북칠의의 막내가 갑자기 어깨를 부여잡고 신음을 흘리는가 싶더니, 이내 "우웩!" 하면서 검은 피를 뿜어내며 그대로 꼬꾸라졌다.

3. 상대가 되지 않는 싸움

"막내!"

고천룡과 다른 하북칠의가 깜짝 놀라 그를 부둥켜 일으켰을 때는 이미 절명한 후였다. 그 짧은 순간 얼굴이 새까맣게 죽어 있는 것이, 아무래도 극독에 중독된 듯했다.

"독이라니? 대체……."

고천룡은 크게 당황하며 어찌할 바를 모르다가 문득 그의 어깨에 난 조그만 상처를 발견할 수 있었다.

조금 전 쏟아졌던 수백 발의 화살, 그중 하나가 그의 어깨를 스쳐 가면서 만든 상처였다. 놀랍게도 그 상처 부위는 흉측할 정도의 새까맣게 변해 있었다.

그랬다. 화살촉에는 스치기만 하더라도 그 자리에서 목숨을 잃을 수 있는 절독(絶毒)이 발라져 있었던 것이었다.

"이런 절독을 사용하는 걸 보면 여진족의 무리가 분명합니다!"

"무림오적이 독을 쓰지 않는다는 보장도 없잖습니까, 셋째 형?"

"그럼 무림오적이 이런 상황을 미리 예견해서 독까지 준비했다고 생각하는가, 다섯째?"

하북칠의, 아니 이제 막내가 죽고 나서 하북육의가 된 그들은 절벽에 찰싹 등을 기댄 채 큰 소리를 주고받았다.

그런 와중에 황급히 정신을 차린 고천룡은 자신들을 지나쳐서 여전히 대망회랑 안쪽으로 날아가는 수많은 무림고수들을 향해 목이 터져라 부르짖었다.

"함정이다! 다들 몸을 피하라! 될 수 있는 한 퇴각하라!"

그는 계속해서 명령을 내렸지만 아무런 소용이 없었다.

한 차례의 화살 비로 인해 죽은 자는 하북칠의의 막내뿐만이 아니었다. 백여 장 높은 절벽 위에서 눈보라와 함께 휘몰아친 화살들로 곁의 동료가 죽고, 뒤의 동료도 꼬꾸라졌으니까.

그걸 본 무림 고수들의 반응은 크게 두 가지로 나뉘었다. 동료들의 죽음에 분개하여 울부짖는 자들과 또 다른 화살의 비가 쏟아지기 전에 어떻게든 이 회랑을 빠져나가기 위해 더욱 속도를 높여 달리는 자들.

고천룡의 절규에 가까운 고함은 그들에게 들리지 않았다.

그때, 또 한 차례의 화살들이 주변 이십여 장 일대를 뒤덮으며 쏟아졌다. 조금 전과 달리 잔뜩 경계하고 있던 무림 고수들은 빠르게 몸을 움직여 피했다.

그래서였다. 처음 화살 세례에 목숨을 잃은 이가 수십 명이었지만, 두 번째 화살 세례에 죽은 이는 불과 대여섯 명밖에 되지 않았다.

화살은 계속해서 폭설처럼, 폭우처럼 쏟아졌다.

"절벽 위다!"

"놈들을 죽여라!"

몇몇 고수들은 지면을 박차고 경공술을 펼쳐서 단숨에 절벽 위로 날아오르려 했다.

백여 장이 넘는 절벽이었다. 손잡을 데도 발을 디딜 곳도 마땅치 않은 절벽이었지만, 강호의 절정 고수들은 지면을 박차고 날아오른 탄력을 이용하여 다시 절벽을 걷어차고 뛰어오르고, 반대편 절벽을 걷어차서 다시 뛰어오르는 식으로 순식간에 절벽 위에 당도했다.

"어딜."

고수의 머리가 절벽 위로 솟구치는 순간, 기다리고 있었다는 듯이 담우천의 검이 공기를 갈랐다. 빛도 흐르지 않고, 소리도 들리지 않는 검의 길이 열렸다.

그 길을 따라 일직선으로 뻗어 간 검은, 막 강만리 일행이 우뚝 서 있는 절벽 위로 모습을 드러낸 고수의 이마에 혈점(血點)을 찍었다.

"크윽!"

순식간에 백여 장 절벽 위까지 날아올랐던 고수는 미처 그 절벽에 누가 있는지도 확인할 새도 없이 짧은 신음과 함께 그대로 절벽 아래로 추락했다.

장예추의 칼이, 모용현아의 칼이, 강만리의 쇠몽둥이가 뒤를 이어 또 다른 고수들의 머리를 자르고 내리치고 부쉈다.

함부로 절벽 위로 날아오르려 했던 고수들은 제대로 된 대응 한 번 해 보지 못한 채 피범벅이 된 채 백여 장 아래로 빠르게 추락했다.

당연한 일이었다.

아무리 고수라 하더라도 지면에서 몸을 띄운 상태로는

평소처럼 민첩하고 날카로운 반응을 보일 수가 없었다. 또한 양쪽 절벽을 걷어차면서 백여 장 높이의 절벽 위까지 날아오른 경우라면 더더욱 그러했다.

무엇보다도 겨우 이마만 절벽 위쪽으로 드러난 상황에서 담우천들이 내지르는 검과 칼을 막은 재주까지는, 무림의 절정 고수들도 미처 지니지 못했기 때문이었다.

그렇게 대여섯 명의 고수들이 차례로 추락하자, 더는 그 누구도 절벽 위로 날아가려는 자가 없게 되었다. 그저 무림 고수들은 쏟아지는 화살 세례를 피하느라 강만리 일행이 있는 절벽 아래쪽으로 몸을 숨길 따름이었다.

바로 그때였다.

콰콰콰콰!

마치 거대한 봇물이 쏟아지는 소리와 함께 동쪽의 대망회랑 굽이진 곳에서 수많은 말들이 엄청난 속도로 진입해 들어왔다.

그야말로 십여 장 너비의 회랑을 꽉 채운, 그리고 그 끝을 알 수 없는 수백, 수천 필의 말이 휘몰아치는 눈보라를 뚫고 거세게 질주했다.

"거런 니칸 알라흐!"

"거런 알라흐!"

"알라흐!"

말 위에 탄 자들은 무기를 휘두르며 목이 쉬어라 연신

부르짖었다.

불과 백여 장도 채 떨어지지 않은 곳에 머물던 고천룡의 안색이 급변했다.

"여진어로구나."

그것도 들어 본 적이 있는 말이었다.

죽은 문무쌍절 장녹화의 해석에 따르자면 '거런 알라흐'는 모두 죽이라는 의미였고, '거런 니칸 알라흐'는 모든 한족을 죽이라는 소리였다.

즉, 지금 수천 필의 말을 타고 질주해 오는 여진족의 무리들은 다름 아닌 고천룡들, 즉 무림 고수들을 죽이고자 달려드는 것이었다.

고천룡은 창백해진 얼굴을 한 채 이 난국을 타개할 방법을 찾기 위해 빠르게 머리를 굴렸다.

하지만 미처 그가 무슨 뾰족한 수를 찾아내기도 전에 무림 고수들의 선두와 여진족의 선두가 대망회랑 한복판에서 정면으로 부딪쳤다.

"오랑캐 놈들이 어딜 감히!"

"무공이라는 게 뭔지 제대로 보여 주마!"

"이렇게 난전을 펼치게 되면 절벽 위에 배치한 네놈의 동료들도 함부로 화살을 쏘아 대지는 못하겠지!"

무림 고수들은 크게 고함을 내지르며 힘껏 지면을 박차고 날아올랐다. 순식간에 여진족들의 머리 위를 날아

넘어간 그들은 질주하는 무리 한복판으로 떨어져 내리며 마구 쌍장을 휘두르고 검과 칼을 내질렀다.

한 번 쌍장이 휘둘러질 때마다 회오리 같은 장풍이 일었고, 칼과 검이 허공을 가를 때마다 번개가 작렬하듯 섬광이 터졌다.

여진족들은 무림 고수들을 단숨에 짓밟아 죽이려는 듯 말발굽을 높이 쳐들었다.

하지만 그 순간 말 다리가 잘리고, 말 머리가 성둥 베어졌다. 말은 제대로 울음도 토하지 못한 채 그대로 나자빠졌다.

무림 고수들은 갖은 지형을 이용하여 여진족과 맞섰다. 훌쩍 날아오른 절벽을 발판 삼아 버티고 선 채 장풍을 휘날리기도 했고, 마구 날뛰는 말 머리에 고고하게 선 채로 칼을 휘둘러 말에 탄 여진족의 목을 베기도 했다.

언뜻 보면 상대도 되지 않는 싸움이었다. 한쪽이 한쪽을 일방적으로 도륙하고 있었다. 싸움의 결과는 그 무림 고수들의 무시무시한 신위로 인해 금세 판가름날 것만 같았다.

낭떠러지 아래를 내려다보던 모용현아도 그런 생각을 한 모양이었다.

"생각보다 빠르게 끝나겠군요. 물론 무림 고수들의 승리로 말이죠."

그녀는 강만리를 돌아보며 말을 이었다.

"아무리 수만 대군이라 하더라도 결국 무공을 제대로 펼칠 줄 모르는 오랑캐…… 죄송해요. 여진족에 불과해요. 무림 고수가 질 이유가 하나도 없어요. 만약 양패구상을 노린 거라면, 강호오괴의 의외의 성과에도 불구하고 아무래도 실패하신 것 같네요."

모용현아가 말하는 중간에 섬예를 보고 고개를 까닥이며 사과하는 걸 보고, 강만리는 '그래도 아예 독불장군인 건 아니구나.' 하고 생각하며 입을 열었다.

"그런데 말이오. 왜 과거 여진족이 송을 물리치고 금나라를 세울 수 있었는지 아시오?"

"네?"

갑작스러운 역사 질문에 모용현아의 눈이 동그랗게 변했다. 강만리는 절벽 아래쪽에서 벌어지는 상황에서 시선을 떼지 않은 채 말을 이었다.

"무림인이 수두룩한 송나라였소. 모르기는 몰라도 지금보다 강한 고수도 적지 않았을 것이오. 그런데 결국 송나라는 금에게 밀려 하남 아래까지 퇴각해야 했소. 아니, 도대체 그 당시 무림인들은 뭘 하고 있었단 말이오? 나라가 위급한 시기에 말이오."

"그, 그건……."

모용현아는 할 말을 찾지 못했다.

확실히 그때도 강호는 있었고, 무림인도 있었다. 그들

의 무공이라면 충분히 금의 여진족을 물리칠 수 있었을 텐데, 왜 현실은 그렇지 못했을까.

"그건 말이오."

강만리는 천천히 입을 열었다.

"아무리 무림의 고수가 강하다 한들 손 하나로 백 명을, 천 명을 막아 낼 수 없기 때문이오."

"네? 그게 무슨 뜻이죠?"

모용현아는 반박했다.

"설마 무림의 절정 고수가 일만의 일반 백성을 상대로 패배한단 말인가요?"

"아니. 일반 백성이 아니지 않소, 상대는."

강만리는 고개를 저었다.

"상대는 제법 적잖은 훈련을 받은 군사들이고 병사들이오. 비록 내공이나 상승 무공은 모른다고 하더라도, 다수를 상대하는 진법과 개인을 상대하는 진법을 체계적으로 훈련한 자들이란 말이오."

절벽 아래에서 시선을 떼지 않던 강만리는 슬쩍 모용현아를 쳐다보며 단언하듯 말했다.

"그 차이를 모른다면 앞으로 저 아래쪽에서 어떤 일이 벌어질지 절대 알 수 없을 것이오."

8장.
대난전(大亂戰)

"저런 눈덩이들로 무림의 일류급 고수들을 물리친다는 건
정말이지 듣도 보도 못한 **병법**이에요."
모용현아의 말에 강만리가 피식 웃으며 말했다.
"병법이라는 건 결국 임기응변 앞에서 아무런 쓸모가 없다오.
주어진 상황에 맞춰서 계획을 세우고 준비하고 움직이는 게
바로 진짜 **병법**이라오."

대난전(大亂戰)

1. 구천고독(九天蠱毒)

 무림인의 기본 전투 방식은 일대일의 싸움이었다. 패싸움이라 해 봤자 기껏해야 열 명 내외의 인원으로 싸우는 게 대부분이었다.
 그래서 무림인의 무공은 개인을 상대로 싸우는 데 가장 특화되어 있었다. 네 명이 사방에서 포위한 채 덤벼들어도 금세 손발이 어지러워지고 제대로 대응하지 못하는 게 일반적인 무림인이었다.
 물론 고수가 될수록 경험이 늘수록 다인전(多人戰)에 관한 대응이 능숙해지는 것도 당연했다.
 하지만 그런 노련한 고수들조차 수백, 수천의 무리가

체계적인 진법을 펼치며 덤벼들면 결국에는 내공과 기력과 체력의 한계 속에서 목숨을 잃게 된다.

저 사상 최강의 고수였던 금강철마존의 최후가 바로 그러했다고 알려져 있지 않은가.

과거 무림인들은 그 다수의 무력 앞에서 개개인의 무위가 얼마나 형편없고 보잘것없는 존재인지 절감할 수 있었다.

바로 강만리가 예를 들었던 금과의 전쟁을 겪으면서 무림인들은 개인이 아닌, 다수의 힘에 의한 전략을 새롭게 만들어야 한다는 결론에 이르렀다.

그래서 개인을 상대로 펼치는 집단전(集團戰), 집단을 상대로 싸우는 집단전을 연구하고 발전시켜 왔다.

굳이 멀리 예를 들 것도 없이 소림사의 백팔나한진(百八羅漢陣)이 바로 그 정화(精華)라 할 수 있었다. 백팔나한진은 단 한 명을 상대로 펼치기도 하지만, 또 수천 명을 상대로도 싸울 수 있게 만들어진 진이었다.

* * *

"먼저 화살이 날아들고 다음에는 창이 날아드오. 간격을 두고 차륜전(車輪戰)이 시작되는데 얼마든지 죽어도 상관하지 않소. 남는 게 사람이고 병사이니까. 아니, 외려 죽은 시신들은 고수가 원활하게 움직이지 못하도록 만드는 데 도움을 주니, 시신이 많으면 많을수록 좋을 것이오. 거기에 다시 창을 내던지고 화살을 쏘는 것이오. 물론 창날과 화살촉에는 조금 전 우리가 사용했던 것과 같은 절독이 발려져 있소. 자, 과연 무림인이 얼마나 버틸 수 있겠소?"

강만리의 말에 모용현아는 아무런 대꾸도 하지 못했다. 자신이 그렇게 포위당한 채 수천의 병사로부터 공격을 받는다고 생각하니 끔찍하기만 할 따름이었다.

강만리는 문득 생각났다는 듯이 "아!" 하며 감탄했다.

"사실 이럴 작정으로 가지고 온 건 아닌데 말이지."

강만리는 장예추를 돌아보며 물었다.

"자네 제수씨에게 받아 온 절독이 뭐라 했더라?"

장예추는 어느새 칼을 거둬들이고 대신 활시위를 당긴 채 절벽 아래를 내려다보며 대답했다.

"구천고독(九天蠱毒)이라고 한 것 같습니다."

"그래, 구천고독."

강만리가 고개를 끄덕이며 말했다.

"제수씨에게 설명 들은 것보다 몇 배는 더 지독한 독이더군그래. 살짝 스쳐 맞았는데도 불과 열 호흡도 쉬지 못하고 목숨을 잃다니 말이지."

구천고독은 장예추의 아내 당혜혜가 황궁의 보고 중 하

나인 약고(藥庫)에서 가지고 나온 물건이었다.

다른 여인들이 주로 자식들을 위한 영약이나 보의(寶衣)를 가지고 나온 반면, 당혜혜만이 독을 선택한 걸 두고 사람들은 역시 사천당문 사람이구나 하고 감탄하기도 했다.

고독(蠱毒)은 크게 두 종류로 나뉜다.

하나는 사람의 몸속에 집어넣어 시전자의 의사를 거절하지 못하도록 만드는 데 사용하는 독충(毒蟲)이었고, 다른 하나는 극독을 지닌 것들을 하나의 항아리에 넣어 결국 다른 독충과 독물을 잡아먹고 홀로 남게 된 독물이었다.

구천고독은 후자의 개념이라 할 수 있었다.

세상에서 가장 독이 강한 아홉 마리의 독물을 항아리에 넣고 굶기면 결국 아홉 독물은 서로를 잡아먹을 수밖에 없는데, 그렇게 해서 살아남은 독물에게서 뽑아낸 독이 바로 구천고독이었다.

구천고독은 말 그대로 한 방울의 독으로 수백, 수천 명을 독살시킬 수 있을 정도로 강렬한 독성을 지니고 있어서, 강만리에게 독을 건네줄 당시 당혜혜가 정말 조심하라고 신신당부할 정도였다.

"그런데 이렇게 사용할 목적으로 가지고 온 독이 아니라면 애당초 무슨 목적으로 사용하려 한 건가요?"

모용현아가 불쑥 물었다. 그녀의 예리한 질문이 방심하고 있던 강만리의 두툼한 옆구리를 파고들었다.

 강만리는 내심 '헉!' 하고 숨을 들이마셔야 했다.

 물론 아무런 말도 할 수 없었다. 만약 회담이 결렬되었을 경우 모용 가주와 수뇌들을 독살하려는 용도로 챙겨 왔다는 걸 어찌 사실대로 말할 수 있겠는가.

 우물에 풀거나, 혹은 술독에 넣어서 몇 방울의 구천고독으로 모용세가 사람 모두를 죽이려 했다고 어찌 그녀에게 이야기할 수 있겠는가.

 강만리는 헛기침을 하며 황급히 화제를 돌렸다.

 "그나저나 강호오괴가 무사해야 할 텐데 말이오. 설마 저 격전지 한복판에 있는 건 아닐 테고……."

 모용현아는 그렇게 중얼거리는 강만리의 표정을 살피다가 문득 눈빛을 예리하게 빛내며 말했다.

 "놀라울 정도의 지략가라고 들었는데, 알고 보니 무서울 정도로 속이 새카만 술수꾼이었군요."

 강만리는 머쓱하게 웃으며 말했다.

 "그런 속이 새카만 술수꾼과 한편이 된 걸 다행이라고 생각하면 어떻겠소?"

 "그래요. 참 다행이에요. 그나마 가족의 뒤통수는 치지 않을 테니까요."

 "하하하."

강만리는 멋쩍게 웃고는 다시 시선을 백여 장 낭떠러지 아래로 돌렸다.

 고함과 비명과 말발굽 소리, 그리고 말이 울부짖는 소리가 한데 뒤엉키는 가운데, 천오백 고수와 그 끝을 알 수 없는 여진족의 대군이 대망회랑 한복판에서 난장판의 전투를 벌이고 있었다.

 그리고 그 난장판의 전투는 시간이 흐르면서 눈발이 더욱 거세지고 눈보라가 세차게 변하면서, 점점 그 결과를 알 수 없는 접전 양상으로 바뀌고 있었다.

 모용현아에게 했던 강만리의 말은 예언과도 같았다.

 시간이 지나면서 여진족의 대군은 무림 고수들과 정면으로 부딪치는 공간으로 화살을 쏘고 창을 내던지기 시작했다. 그들은 동료의 죽음에 전혀 신경 쓰지 않았다.

 또한 무림 고수들과 맞서 싸우는 여진의 전사들 또한 등 뒤에서 날아드는 화살과 창을 조금도 두려워하지 않았다. 외려 그들은 무림 고수들이 화살과 창을 피하지 못하도록 자신의 목숨을 버리면서까지 고수들의 허리를 잡고 다리를 끌어안았다.

 화살촉과 창날에는 당연히 극독이 발려져 있었다. 구천고독과 같은 절독은 아니었지만 이 지역의 독사나 독충, 독초 등에서 추출한 맹독이었으니, 아무리 무림 고수들이라 할지라도 중독당하게 되면 그 생사를 장담할 수가 없었다.

 천오백 무림 고수들이 싸운다고는 하지만 정작 제대로 여진족의 군대와 싸우고 있는 수는 불과 이삼백 명도 되지 않았다.

 나머지 인원은 앞의 사람들에 막혀서 그저 발을 동동 구르며 지켜보거나 혹은 싸움을 포기하고 등을 돌려 협곡을 빠져나가고 있었다.

 그러나 여진은 달랐다. 그들은 죽든 살든, 쓰러지든 나자빠지든, 발에 치이든 압살을 당하든 말발굽에 밟혀 죽든 조금도 개의치 않았다.

 오로지 전진하고 내달렸다. 말이 쓰러지면 말을 밟거나 뛰어넘었다. 동료가 죽으면 그 시신을 짓뭉개며 앞으로 나아갔다.

 여전히 대망회랑 동쪽 입구에서는 수천의 말이 계속해서 달려오는 중이었다.

 두두두두!

 머뭇거리다가는 외려 뒤에서 달려오는 수천 필의 말에 의해 압살당할 형국이었으니, 어쩌면 지금의 저 전진이 이해되는 대목이라 할 수 있었다.

 그 맹렬하고 막강하며 거칠 것 없는 기세에 믿을 수 없게도 무림 고수들이 밀려나기 시작했다.

 "퇴각하라!"

"다들 협곡을 빠져나가시오!"

고천룡과 하북오의는 쉬지 않고 칼과 검을 휘두르면서 연신 고함을 질렀다. 다른 무림의 고수들은 도저히 믿을 수 없다는 기색으로 연신 뒷걸음질을 치고 있었다.

"무림의 고수들이 패하는 것이오?"

"겨우 저깟 오랑캐 따위에게 지다니! 도대체 이게 무슨 일이오?"

고수들은 부릅뜬 눈으로 전면을 노려보며 억울해했다.

그리고 억울할 법도 했다. 사실 드넓은 평지에서 마음껏 이리저리 뛰어다니며 싸운다면 백만 대군도 두렵지 않은 그들이었으니까.

하지만 상황은 그렇지 않았다.

대망회랑이 넓은 협곡이라고는 하지만 그래 봤자 너비가 십여 장밖에 되지 않았다. 애당초 무림 고수들이 제 기량을 제대로 발휘할 수 없는 공간이었다.

게다가 지금 퍼붓고 있는 폭설은 또 어떤가.

천오백 무림 고수 중에서 이렇게 시야가 전혀 보이지 않을 정도로 휘몰아치는 눈보라 속에서 싸운 경험이 있는 사람은 열 명도 채 되지 않았다.

그런 상황에서 오직 귀와 본능과 육감만을 가지고, 눈보라 사이를 뚫고 날아드는 독화살과 독창을 피해야 한다는 건 역시 일류 고수들이라 하더라도 결코 쉬운 일이 아니었다.

 도대체 어디에서 났는지 여진의 대군은 쉬지 않고 화살을 쏘고 창을 내던졌다. 창과 화살이 소진되면 곧바로 말을 달려 무림 고수들을 짓밟으려 했다. 말 위에서 휘두르는 칼과 검은 생각보다 강렬하고 매서웠다.

 눈보라가 쌓이고 쌓이면서 이내 말과 사람들의 시신을 뒤덮었지만, 여진의 말들은 멈추지 않았다. 말들은 시체와 시신을 뛰어넘으며 무림 고수들의 머리를 짓뭉갰다.

 "어딜 감히!"

 무림 고수가 말의 다리를 잡아채고는 그대로 절벽을 향해 내던졌다. 그의 가공할 힘에 속절없이 날아간 말은 요란한 소리와 함께 절벽에 부딪쳤고, 이내 퍽! 하며 가죽이 터졌다. 피와 살점, 창자와 내장이 사방으로 흩뿌려졌다.

 눈 뜨고는 볼 수 없는 처참한 광경!

 그러나 외려 눈을 감은 건 무림 고수들이었다. 여진의 전사들은 눈 하나 깜빡하지 않았다. 아니, 더 큰 고함과 괴성을 지르면서 무림 고수들을 향해 말을 달렸다.

 일류 고수 중 한 명인 무영대도(無影大刀)가 달려드는 말을 보고는 빠르게 보법을 펼치며 피하려 했다.

 하지만 다음 순간 그의 왼발이 푹, 하며 쌓인 눈 속으로 파묻혔다. 폭설이 쏟아진 지 불과 한 시진도 안 되어 무릎 가까이 눈이 쌓인 것이다.

그렇게 한 발이 눈밭에 파묻힌 고수의 몸이 기우뚱하는 순간, 두 필의 말이 그의 양쪽 어깨와 부딪치며 지나쳤다. 무영대도는 그 충격을 견디지 못하고 나동그라졌다.

'이런 젠장!'

그는 다급한 기색으로 몸을 일으키고자 했다.

하지만 이미 때는 늦었다.

두두두두!

수십 필, 수백 필의 말이 쓰러진 그의 몸을 짓밟고 지나갔다. 이내 그의 몸은 갈기갈기 찢어져서 그 형체를 알아볼 수조차 없게 되었다. 그마저도 휘몰아치는 폭설로 인해 더는 볼 수가 없었다.

2. 듣도 보도 못한 병법(兵法)

난전이었다. 그것도 대난전(大亂戰)이었다.

무림 고수들은 어떻게든 퇴각하여 이 대망회랑의 협곡을 빠져나가려 했다.

그러나 무릎까지 쌓은 눈밭에서 천오백 무리가 일제히 몸을 돌려 도주한다는 건 거의 불가능에 가까운 일이었다.

게다가 죽음을 두려워하지 않는 여진의 전사들이 타고 있는 말들은 무림 고수의 경공술보다 빠르게 달려들고 있었다.

두두두두!

협곡을 가득 메운 말들은 당장이라도 퇴각하는 무림인들의 등을 짓밟을 것처럼 맹렬하게 달려왔다.

"젠장!"

어쩔 도리가 없었다. 결국 고천룡을 비롯한 무림의 고수들은 도주하기를 포기하고는 재차 몸을 돌려 여진의 전사들과 맞서 싸울 수밖에 없었다. 쉴 새 없이 퍼부어 대는 폭설이 결사항전을 벌이는 사람들을 뒤덮고 있었다.

절벽 위에서 그 상황을 지켜보던 강만리는 가볍게 눈살을 찌푸렸다. 더는 저 아래에서 어떤 일이 벌어지고 있는지 확인할 수가 없게 되었다. 눈이 쏟아져도 너무나 많이 쏟아지고 있었다.

"그래도 이 정도는 쏟아져야지."

강만리는 뒤를 돌아보며 물었다.

"준비는 끝났나?"

섬예가 고개를 끄덕였다.

"네. 말씀하신 크기로 눈덩이들을 만들어 두었습니다."

아닌 게 아니라 강만리의 뒤쪽으로는 섬예와 모용세가

사람들이 만든 수십 개의 커다란 눈덩이들이 나란히 늘어서 있었다.

대략 사람 키 정도 되는 눈덩이들이었으니, 확실히 지금 쏟아지는 폭설의 양이 어느 정도 되는지 충분히 짐작할 수 있었다.

"저런 눈덩이들로 무림의 일류급 고수들을 물리친다는 건 정말이지 듣도 보도 못한 병법이에요."

모용현아의 말에 강만리가 피식 웃으며 말했다.

"병법이라는 건 결국 임기응변 앞에서 아무런 쓸모가 없다오. 주어진 상황에 맞춰서 계획을 세우고 준비하고 움직이는 게 바로 진짜 병법이라오."

"그런데 말입니다, 형님."

한쪽 구석에 방금 만든 눈덩이를 세워 놓고 달려온 화군악이 말을 걸었다.

"아직 저 밑에 강호오괴가 있을지도 모릅니다. 조금 더 기다리는 게 어떨까요?"

"호오. 그동안 꽤 친해졌나 보구나."

"아, 아뇨. 그런 건 아니지만…… 그래도 구궁산에서부터 여기까지 한 달 이상 고락을 함께한 사이가 아닙니까? 최소한 그들의 안전만큼은 확실히 해 두고 싶습니다."

"물론 나도 마찬가지다."

강만리는 진지한 표정을 지으며 말했다.

"여진의 대군을 이곳으로 이끈 능력을 보건대, 반드시 우리가 안고 가야 할 노인네들이라고 생각되니까."

화군악의 얼굴이 밝아졌다.

"그럼……."

"그렇지만 지금 상황에서는 어쩔 수 없다."

강만리는 냉엄하게 말했다.

"이곳에서는 그들의 안위를 확인할 방도가 없으니까. 애초 그들이 저 아래 있는지, 없는지도 모르니까. 그들이 저곳에 없다는 걸 확인할 때까지 기다릴 수도 없으니까."

"으음."

화군악은 머리를 긁적였다.

"그러니 우리는 그저 그들의 운이 좋기만을 기도할 수밖에 없다. 아직 죽을 때가 아니기만을 바랄 수밖에 없다. 그게 아니라면…… 여진족의 저 대군이 대망회랑을 빠져나가 북경부로 진격하는 걸 보고 있을 생각이더냐?"

"뭐, 그건……."

화군악은 어쩔 도리가 없다는 듯이 어깨를 으쓱거렸다.

"할 수 없죠. 그들의 운이 좋기만을 바랄 수밖에요."

"그렇지. 그럴 수밖에 없지."

강만리는 그렇게 말하며 화군악의 어깨를 다독인 후 다시 섬예를 돌아보며 지시를 내렸다.

"반각 후 시작하게."

섬예가 허리를 숙였다.

"명을 받듭니다."

　　　　　　＊　＊　＊

일반 강호 무림인들이 군대를 상대로 이길 수 없는 이유는 조직력과 대규모 병력의 차이뿐만이 아니었다.

애당초 그들이 소유한 병기 자체가 전혀 달랐다. 강호 무림인들은 일대일 싸움에 특화된 칼과 검과 창과 도끼 등의 무기를 주로 사용하는 반면, 군대는 그렇지 않았다.

물론 각 병사들이야 칼이나 창 등으로 무장하지만 소위 '군대'라는 개념에서 본다면 강호 무림인들에게는 익숙하지 않은 무기들, 집단전을 목표로 만들어진 무기들을 지니고 있었다.

우선 대포(大砲)가 그러했다.

사실 백여 년 전만 하더라도, 대포에서 발사하는 포탄(砲彈)은 그 안에 화약과 폭약을 가득 채운 포탄이 아니라 일반 커다란 쇠구슬이나 돌덩이에 불과했다.

포탄을 터뜨려 살상력을 높이는 게 아니라 포탄에 깔리거나 치여서 죽거나 다치게 만들고, 성벽이나 성문을 부수는 용도로 활용되었다.

하지만 세월이 흐르면서 사람들은 화약과 폭약을 이용하는 방법에 대해서 연구했고 개선했으며 발달시켰다. 그래서 비격진천뢰(飛擊震天雷)와 같은 무기들이 나왔고 화포(火砲)가 만들어졌다.

그리고 놀랍게도 그렇게 화약을 사용하여 무기를 만드는 건 의외로 여진족의 장기였다.

저 수백 년 전의 금나라 시절부터 여진족은 화약과 폭약을 이용한 무기를 사용했으니, 바로 비화창(飛火槍)이 그것이었다.

종이를 십육 겹으로 말아서 통(筒)을 만들고, 그 안에 화약을 넣어 창에 매달고 심지에 불을 붙인다.

심지는 곧 불꽃을 내며 타들어 화약통에 불을 붙이고, 창은 매캐한 연기와 쌔액! 하는 파공성과 함께 마치 화살처럼 수십, 수백 장을 날아가게 된다.

그 파괴력은 실로 막강하기 그지없어서, 가까운 거리의 적은 서너 명까지 관통할 수 있었다.

여진족의 금나라는 그 비화창으로 송나라의 병사를 상대했고, 생전 처음 보는 기상천외한 무기에 놀란 병사들은 무기를 버리고 머리를 감싸 쥔 채 도망치기에 급급했다.

그 비화창이 만들어진 지 수백 년이 흐른 지금, 과연 여진족은 이제 비화창의 제조 방법을 잊었을까.

아니었다. 외려 그들은 당시보다 훨씬 발전된 비화창을 지니고 있었다. 그리고 그 비화창은 비화폭렬창포(飛火爆裂槍砲)라는 새로운 이름으로 천오백 무림 고수들 앞에 모습을 드러냈다.

혼전과 난전으로 아수라장이 된 대망회랑의 중간 지점, 치열하게 전투가 벌어지고 있는 그곳으로 한 무리의 여진족들이 수레들을 이끌고 천천히 다가왔다.

수레에는 수십 문(門)의 대포가 실려 있었는데, 휘몰아치는 눈보라에 심지가 젖지 않게 가죽으로 포신(砲身)을 뒤덮여 있었다.

무리의 우두머리가 뭔가 알아들을 수 없는 여진의 언어로 크게 소리쳤다. 수레가 멈추고 여진족 전사들은 수레가 흔들리거나 넘어지지 않도록 밧줄을 이용하여 단단히 고정했다.

그러고는 포구(砲口)의 각도를 조절하여 한참 싸움이 벌어지고 있는 뒤쪽, 그러니까 무림의 고수들이 뭉쳐 있는 지점을 겨냥했다.

포구는 희한하게도 하나의 동그란 구멍이 나 있는 게 아니라 열여덟 개의 조그만 구멍으로 나뉘어 있었는데, 전사들이 각각 그 조그만 구멍에 창을 꽂아 넣었다.

창날은 뾰족했으며 새까맣게 물든 것이 아무래도 절독이 발려져 있는 것 같았다. 또한 창날 바로 뒤쪽으로는 둥근 대롱이 매달려 있었는데, 두려움 모르는 여진족 전사들마저 식은땀을 흘리며 조심스레 다루는 걸 보면 뭔가 상당히 위험한 물건임이 분명해 보였다.

수십 문의 대포에 창들을 장착한 걸 확인한 후 다시 우두머리의 지시가 떨어졌다. 전사들은 커다란 가죽을 뒤집어쓴 채 심지에 불을 붙였다.

콰앙! 콰아앙!

이내 천둥 치는 소리가 수십 문의 대포에서 연달아 쏟아졌다.

쌔액! 쌔액!

곧이어 수백 발의 창이 요란한 굉음을 내며 협곡을 가로질렀다.

그 굉음은 귀를 찢을 것처럼 요란해서, 눈보라가 휘몰아치고 병장기가 부딪치고 연신 고함과 함성 비명이 울려 퍼지는 와중에도 사람들의 귀에 똑똑히 들려왔다.

마침 자신을 향해 덮쳐들던 여진족 전사의 목을 베던 고천룡은 깜짝 놀라 고개를 들었다.

눈보라로 인해 앞을 전혀 볼 수 없는 새하얀 하늘을 뒤덮으며 수백 발의 창이 쏘아져 날아오는 광경이 보였다.

"비화창이다! 모두 피하라!"

3. 퇴각

고천룡이 모든 내공을 끌어올려 크게 부르짖었다.

우르르!

절벽이 흔들리고, 그새 절벽 위에 쌓인 눈들이 움찔거렸다. 금방이라도 눈사태가 일어날 것만 같았다.

그러나 누구도 그 눈사태에 신경 쓸 겨를이 없었다. 무림 고수들은 자신들에게 날아드는 창을 피하느라 일제히 몸을 날려 이리저리 움직이기에 급급할 따름이었다.

하지만 천 명이 넘는 무림 고수가 협곡 한 곳에 뭉쳐 있어서 제대로 피할 공간도 없었다.

무엇보다 화약의 폭발력으로 발사된 창은 활이나 노(弩)를 사용하여 발출한 화살과는 전혀 비교되지 않을 정도로 빠르게 날아들었다.

"큭!"

"이런……."

보법을 밟으려다가 바로 옆 동료의 발을 밟는 바람에, 경공술을 펼쳐 날아올랐다가 마땅히 내려설 데가 없어서 당황해하다가, 적지 않은 무림 고수들이 새하얀 하늘을 꿰뚫듯이 날아든 창에 일격을 당했다.

대부분 무림 일류급 이상의 고수들답게 그 와중에도 손을 뻗어 창을 낚아채거나 혹은 어깨를 틀어 살짝 스치고 지나가게 해서 치명상을 피했다.

하지만 여진족이 쏘아 올린 비화폭렬창은 일반 창이 아니었다. 손으로 창을 낚아채는 순간, 창에 매달려 있던 대롱이 그 충격에 폭발하면서 새카만 연기를 사방으로 흩날렸다.

"쿨럭!"

저도 모르게 그 연기를 들이마신 무림 고수는 이내 폐가 썩어 들어가는 고통 속에 가슴을 움켜쥐고 비틀거리다가 그대로 혼절하듯 바닥에 쓰러졌다.

"독이다! 다들 흑연(黑煙)을 조심하라!"

고천룡을 비롯한 무림 고수의 수뇌부들이 소매로 입을 가린 채 크게 외쳤다.

그랬다.

여진족은 비화폭렬창의 대롱에 맹독을 담아서, 충격에 폭발하는 순간 흑연으로 변해 주변을 뒤덮게 만드는 방법으로 비화창을 개조, 발전시킨 것이었다.

즉, 비화창에 의해 직접적인 타격을 입지 않더라도 그 독연(毒煙)으로 주위의 더 많은 이들에게 타격을 줄 수 있는 창, 그게 비화폭렬창이었다.

독은 애당초 여진족이 대륙의 군대를 상대로 싸우는 방법의 하나였다. 그리고 이번 대군은 대륙의 국경을 침범하여 단숨에 북경부까지 내달려 황궁을 무너뜨릴 계획을 세운 터, 당연히 독과 화약과 폭약으로 단단히 무장하고 있었다.

비록 당혜혜의 구천고독에 비할 바는 못 되지만 그래도 여진족만이 사용하는 맹독인 만큼, 상처를 입거나 흑연을 흡입한 자들은 얼마 가지 못해서 고열에 시달리고 환각을 일으키며 발작했다.

상처 부위는 새파랗게 변했다가 다시 새까맣게 썩으면서 점점 더 그 부위를 넓혀 가고 있었다.

"빌어먹을!"

무림 고수들은 맹독이 혈관을 타고 심장으로 침투하지 못하도록 빠르게 지혈하거나 상처 입은 손과 발을 잘랐다. 그들의 눈빛은 고통과 분노와 증오의 감정으로 활활 타오르고 있었다.

하지만 상황은 갈수록 악화되었다.

맹독은 창에만 발려 있지 않았다. 조금 전 강만리 일행이 그러했던 것처럼 여진족 대군은 맹독이 발린 화살을 아낌없이 쏘아 댔다. 두 번째로 쏘아진 수백 개의 비화폭렬창도 다시 요란한 굉음을 일으키며 날아들었다.

선두에서 용맹하게 싸우던 고천룡과 하북오의, 건곤가 무사들은 다급한 표정을 지었다.

생각하기도 싫은 일이지만 이대로라면 전멸을 당할 수도 있었다. 믿어지지 않게도, 천하의 무림 고수들이 변방

오랑캐에 불과한 여진족들에게 몰살당하게 생긴 것이다.

"어딜 감히!"

창노한 일갈이 터졌다. 고천룡의 시선이 반사적으로 소리가 들려온 방향으로 향했다.

개방의 노장로, 천양걸개가 박달나무로 만든 타구봉(打狗棒)을 바람개비처럼 휘두르는 장면이 고천룡에 시야에 들어왔다.

개방의 고수답게 그 한 수의 공격으로 여섯 필의 말과 일곱 명의 여진족 무사들이 추풍낙엽처럼 나가떨어졌다.

하지만 그게 끝이 아니었다. 천양걸개의 주위에 공간이 생겼다 싶은 순간, 이번에는 스무 필의 말과 스무 명의 여진족 무사가 칼과 창과 도끼를 휘두르며 그를 짓밟아 갔다.

"빌어먹을! 이건 죽여도 죽여도 끝없이 날아드는 파리 떼 같군그래!"

천양걸개는 짜증을 내며 다시 타구봉을 휘둘렀다. 세 필의 말과 세 명의 전사가 나가떨어졌다. 확실히 갈수록 힘에 부치고 체력이 달리는 게 눈에 들어왔다.

그럴 법도 했다. 천양걸개가 지금까지 죽이거나 쓰러뜨린 자만 하더라도 무려 백 명이 넘었으니까.

그러나 소용없었다. 백 명을 죽이면 이백 명이, 이백 명을 해치우면 오백 명이 덤벼들고 있었다. 거기에다가

독을 바른 화살과 비화폭렬창은 휘몰아치는 눈보라 속에서 천양걸개를 비롯한 무림 고수들의 빈틈을 노리고 날아들었다.

그야말로 압도적인 병력과 압도적인 전력 앞에서는 천하의 천양걸개라 할지라도 계속해서 뒤로 물러날 수밖에 없었다.

"우선 사람을 보내 후미부터 퇴각시키죠!"

하북육의 중 셋째가 소리쳤다.

옳은 말이었다. 고천룡은 자신의 머리를 짓밟으려고 한껏 다리를 높이 쳐든 말의 뒷다리를 검으로 찔러 가는 동시에 하북오의를 향해 소리쳤다.

"자네들이 가게!"

히이잉! 뒷다리가 잘려 나간 말이 울부짖으며 고꾸라졌다. 말을 타고 있던 여진족 전사가 훌쩍 몸을 날려 고천룡의 정수리를 노리고 도끼를 내려쳤다.

고천룡은 가볍게 어깨를 트는 동시에 검을 내질렀다. 동시에 여진족 전사의 목에 구멍이 뚫렸다. 여진족 전사는 피를 철철 뿜어내면서 그대로 뒤로 넘어졌다.

역시 일대일로는 전혀 상대되지 않았다. 나름대로 강한 체력에 뛰어난 무공을 지녔다고는 하지만 그래 봤자 일개 여진족 전사였다. 애당초 고천룡의 상대가 될 수 없었다.

하지만 퇴각 지시가 고천룡의 입에서 흘러나왔다.
"놈들을 막고 있는 동안 모두 퇴각하도록 만들게!"
"아닙니다! 우리도 함께 싸우겠습니다!"
고천룡의 지시를 거부하며 하북오의가 소리쳤다.
"퇴각은 건곤가 측에서 맡게 해 주십시오!"
"우리가 끝까지 형님 곁에 남아 있지 않으면 누가 남아 있겠습니까?"
고천룡은 이를 악물었다.
할 말은 많았으나 시간은 없었다. 짧은 순간 갈등하던 고천룡은 오른쪽으로 크게 움직이며 공간을 만들고는 이내 건곤가 부당주들을 향해 다가서며 말했다.
"후미부터 퇴각하도록 일일이 지시를 내립시다!"
건곤가 부당주들은 머뭇거리다가 고천룡의 결연한 표정을 보고는 고개를 끄덕이며 대답했다.
"명을 받듭니다!"
부당주들은 곧 등을 돌려 지면을 박차고 절벽으로 날아가는가 싶더니, 이내 비스듬히 몸을 세운 채 절벽을 따라 내달리기 시작했다.
"호오, 벽호주벽공(壁虎走壁功)이로구나!"
천양걸개가 뒤를 힐끗 돌아보며 감탄했다.
말 그대로 도마뱀이 벽을 밟고 내달리는 듯한 기술이 벽호주벽공이었다. 사실 경공술이 절정에 이른 일류급 이상의 고수들에게 있어서는 잡기에 가까워, 대부분의 고수들은 애당초 배우지 않는 수법이기도 했다.

 하지만 지금 이 상황에서는 수많은 사람이 밀집한 공간에서 벗어나 협곡 양쪽 절벽을 밟고 내달리는 이 벽호주벽공처럼 완벽한 기술이 또 없었다.

 순식간에 후미 쪽으로 돌아간 건곤가 부당주들은 어떻게든 전투에 참여하고 싶어서 앞쪽으로 내달리던 무림 고수들을 향해 크게 소리쳤다.

 "모두 퇴각하시오! 대망회랑 밖으로 탈출하시오!"

 선두의 전투 상황에 대해서 제대로 알지 못했던 후미의 고수들은 부당주들의 창백한 얼굴과 그 얼굴에 떠오른 표정을 보고서야 어찌 된 영문인지 파악할 수 있었다.

 그들은 군소리 없이 부당주들의 지시에 따라 빠르게 퇴각하기 시작했다.

 그렇게 뒤에서부터 공간이 생기기 시작했다. 앞쪽에 밀집되어 있던 무림 고수들은 그 공간을 이용하여 뒤로 물러날 수 있었고, 그렇게 천여 명의 무림 고수들이 대망회랑의 협곡을 벗어나고 있었다.

 "이러다가 다들 도망치겠습니다!"

 화군악이 발을 동동 굴렀다.

 "무림인들의 후미가 싹 빠져나가는 게 한눈에 들어오

잖습니까? 지금이라도 당장⋯⋯."

"너는 말이다."

신중한 눈빛으로 협곡 아래의 상황을 주시하던 강만리가 화군악을 돌아보지도 않은 채 손사래를 치며 입을 열었다.

"무림인을 많이 죽이는 게 낫다고 생각하냐? 아니면 여진족을 많이 죽이는 게 낫다고 생각하냐?"

화군악은 강만리의 느닷없는 질문에 잠시 멍한 표정을 짓다가 겨우 입을 열었다.

"그야 둘 다 많이 죽이는 게 최고죠. 여진족은 북경부로 쳐들어가지 못할 정도로, 그리고 무림인들은 우리를 뒤쫓을 생각을 포기할 정도로 죽는 게 최선이 아니겠습니까?"

"그래도 둘 중 하나를 고르라고 한다면?"

"음⋯⋯ 그야 여진족이 아닐까요? 뭐, 나라의 운명이야 어찌 되는 상관없지만 그래도 우리의 대사형의 안전만큼은 보장되어야 하니까 말입니다."

"그래, 너도 나와 같은 생각이구나."

강만리는 그렇게 말하다가 문득 눈빛을 발하며 소리쳤다.

"지금이다! 모두 눈덩이를 절벽 아래로 굴려라! 목표는 저 대포와 수레들이다!"

강만리의 내공을 가득 실은 목소리가 우렁찼다. 동시에 모용세가 사람들과 강만리 일행은 제 몸 만큼 크게 굴려 둔 눈덩이를 절벽 아래로 밀었다.

 동시에 미리 강만리의 지시를 받은 고봉진인이 한껏 끌어올린 내공을 운용하여 입을 풀었다.

"우르르르!"

 그의 입에서 천지가 무너지는 듯한 굉음이 쏟아졌다.

 한참 치열하게 난전을 벌이고 있는 여진족과 무림 고수들은 난데없는 굉음에 놀라 허공을 올려다보았다. 이내 그들의 눈이 화등잔만 하게 커졌다.

"눈사태다!"

 누군가의 입에서 비명과 같은 고함이 터져 나왔다.

9장.
괴물과 영웅(英雄)

대의는 소의(小義)를 이길 수 없었다.
대의가 나라와 민족을 향한 것이라면 소의는 개인의 정의였다.
개인의 안위와 이익과 영달 앞에서 정의는 외면당하고 법은 부당해질 뿐이었다.

괴물과 영웅(英雄)

1. 패륵(貝勒)

 무림 고수들의 추격대와 여진의 대군보다 이틀 먼저 대망회랑에 당도했던 강만리 일행이, 그 이틀 동안 한 일 중 하나가 바로 돌을 모으는 것이었다.
 작은 돌멩이는 안 되었다. 그렇다고 사람만 한 거석(巨石)도 소용없었다. 사람들은 영문도 모른 채 그저 강만리가 시키는 대로 두 손으로 안아 들 수 있는 크기 정도, 그 정도의 돌덩이를 최대한 모아야 했다.
 그 많은 돌덩이를 가지고 깎아지른 듯한 절벽을 기어오르는 건 사실 불가능에 가까운 일이었다. 애당초 섬예가 없었더라면, 또 그가 대망회랑의 절벽 위로 오르는 길을 알고 있지 않았더라면 결코 시도조차 할 수 없는 계획이었다.

"십여 년 전의 일입니다. 산양을 뒤쫓다가 우연히 발견한 길이죠. 모르기는 몰라도, 여진족을 통틀어 그 샛길을 알고 있는 사람은 오직 저뿐일 겁니다."

섬예의 장담대로 절벽 위로 오르는 길은 전혀 사람의 눈에 띄지 않았다.

강만리나 장예추, 담우천조차 섬예가 몇 번이고 손으로 가리켰지만, 직접 그의 뒤를 따라 절벽을 오르기 전까지는 길과 길이 아닌 곳을 도저히 식별할 수가 없었다.

그렇게 힘들고 어렵게 절벽 위로 가지고 온 돌덩이를 굴려 만든 눈덩이었다. 급속도로 차가워진 날씨에 눈덩이는 금세 돌덩이처럼 단단하게 얼어붙었다.

"지금이다! 모두 눈덩이를 절벽 아래로 굴려라! 목표는 저 대포와 수레들이다!"

강만리의 지시가 떨어지자마자 사람만 한 크기의 눈덩이들이 백여 장 높이의 절벽 아래로 힘차게 굴러떨어졌다. 눈덩이는 가공할 속도로 미친 듯이 절벽 아래로 떨어졌다.

"눈사태다!"

무림 고수는 물론, 여진족의 전사들도 수십 개의 커다란 눈덩이가 절벽 아래로 떨어지는 걸 보고는 다들 놀라 비명과 고함을 내질렀다.

물론 그들이 눈사태라고 착각한 가장 큰 이유는 아무래도 고봉진인이 내공을 운용하여 펼친 구기 때문일 것이다.

"우르르르!"

고봉진인의 입내는 실로 절묘하기 그지없어서, 마치 사방이 뒤흔들리며 눈사태가 발발하는 것 같은 착각을 일으키게 만들었다.

여진족 전사들은 물론 심지어 무림의 일류급 고수들조차 그 입내에 속아서 황급히 절벽 아래로 몸을 피하거나 협곡 밖으로 도망쳤다.

콰콰쾅!

수십 개의 돌덩이와 같은 눈덩이가 정확하게 비화폭렬창포 위로 굴러떨어졌다. 우지끈 소리와 함께 대포가 박살 나고 수레가 부서졌다.

박살 나고 부서진 파편들이 사방으로 튀면서 암기처럼 사람들을 덮쳤다. 온갖 고함과 비명과 절규가 사방에서 터져 나왔다.

강만리는 지시를 멈추지 않았다.

"활을 쏴라!"

섬예와 모용세가 사람들이 절벽 가까이 서서 활을 쏘기 시작했다. 한 번 스치기만 하더라도 몇 걸음 가지 못해 목숨을 잃는 맹독인 구천고독이 발린 화살이 여진족 전사들의 머리 위로 쏟아져 내렸다.

가뜩이나 휘몰아치는 눈보라에 의해 시계가 막힌 상황이었다. 또 여진족 전사들에게는 무림 고수들처럼 높은 내공이 있어서 미리 화살이 날아오는 걸 알아차리고 피하거나 막을 능력이 있지도 않았다.

"커억!"

"흑!"

수십 명의 여진족 전사가 단말마의 비명을 토하며 꼬꾸라졌다. 다시 화살이 절벽 위에서 퍼부어졌고 또 다른 수십 명의 여진족 전사가 절명했다.

그야말로 압도적인 살상력이었지만, 그것만으로는 저 일만 대군의 진격을 막을 수는 없었다. 백 명, 이백 명 정도 쓰러지는 건 여진의 대군에게 약간의 타격도 주지 못했다.

강만리는 가늘게 눈을 뜨고 여진의 대군을 쓸어 보았다. 목표를 바꿔야 했다. 십여 명, 아니 한두 명만 해치워도 저 대군에게 큰 타격을 입힐 수 있는 상대를 찾아야 했다.

강만리의 옷자락이 크게 부풀어 올랐다. 그의 막강한 내공이 전신을 휘감은 것이다. 강만리는 한껏 내공을 끌어올려 천조감응진력을 발휘했다.

내공이 높을수록 그 진가가 발휘되는 무공 중 하나가 바로 천조감응진력이었다. 그런 만큼 천조감응진력으로 사람의 기척을 찾아내는 건 다른 형제들보다 강만리가 압도적으로 뛰어나다 할 수 있었다.

 여전히 하늘에서는 미친 듯한 폭설이 퍼붓고 있었다. 세찬 바람이 사방으로 휘몰아치면서 협곡 아래쪽은 새하얀 눈보라에 휩싸여 그야말로 한 치 앞도 보이지 않았다.

 강만리는 양쪽 귀를 한껏 열었다. 천리지청술(千里地聽術)에 버금가는, 아니 막대한 내공을 소유한 자라면 외려 천리지청술보다 훨씬 뛰어난 능력을 발휘하는 천조감응진력이 펼쳐졌다.

 그의 고막으로 백여 장 아래에서 떠들어 대는 온갖 소리가 들려오기 시작했다. 강만리는 무림 고수들의 말은 버리고 오직 여진의 언어만을 쫓았다.

 요 한두 달간의 여정을 통해서 몇 마디 배운 여진의 언어. 강만리는 그 짧은 배움으로 터득한 단어들을 이용하여 지금 이 여진의 대군을 이끌고 지휘하는 자를 찾고 있었다.

 그리고 마침내 찾았다.

 '저곳이로군!'

 강만리의 실눈에서 날카로운 빛이 흘러나오는 순간이었다.

"니칸들의 저항이 거셉니다, 패륵(貝勒)!"

"미리 절벽 위에 사람들을 배치해서 눈덩이를 굴리며 독화살을 쏘고 있습니다!"

"선발대가 가지고 온 창포(槍砲)가 모두 부서졌습니다!"

속속들이 보고가 이어지는 가운데 황금빛으로 빛나는 준마를 탄, 두 개의 뿔이 박힌 투구를 쓰고 곰의 가죽을 두른 건장한 체구의 노인이 버럭 소리쳤다.

"신경 쓰지 마라! 모두 죽일 때까지 무조건 싸워라!"

주름투성이 노인은 형형한 안광을 쏘아 대며 분노했다.

"놈들은 내 여자를 희롱하고 겁탈했다! 그녀가 그 치욕과 모멸감을 견디지 못하고 자결한 걸, 네 녀석들도 똑똑히 보지 않았더냐?"

노인을 화를 가라앉히지 못한 채 계속해서 소리쳤다.

"놈들은 반드시 저 무리에 숨어들었을 것이다! 당연히 같은 패거리이겠지. 그러니 반드시 죽여라! 내 여자를 겁탈하여 죽인 늙은이들은 물론, 저 니칸의 패거리까지 하나도 남김없이 모두 죽여라!"

주위의 여진족 전사들의 눈에도 불똥 같은 안광이 번들거렸다.

"패륵의 명을 받듭니다!"

"니칸은 모조리 죽이자!"

전사들은 다시 힘을 내어 전면으로 달려갔다. 그들의

독려에 한참 난전 중인 여진족 전사들이 일제히 함성을 내지르며 더욱더 맹렬하게 무림 고수들을 덮쳤다.

노인은 부관들에게 재차 명령을 내렸다.

"두 번째 창포대(槍砲隊)를 앞으로 대령하라!"

부관 중 한 명이 머뭇거렸다.

"두 번째 창포대까지 부서지면 북경부를 궤멸시킬 화력이 부족하게 됩니다."

"신경 꺼라! 지금 중요한 게 북경부냐, 복수더냐?"

"죄송합니다, 패륵. 바로 달려가 명을 전하겠습니다."

부관이 서둘러 뒤쪽으로 말을 달렸다.

'대충 패륵이라는 자의 성격이 어떤지 알 것 같구나. 그나저나 패륵의 여인을 겁탈하다니……. 강호오괴, 그 노인네들은 도대체 얼마나 대담무쌍한 게야?'

백여 장 높은 절벽 위에서 여진족의 패륵과 부관들이 나누는 대화를 엿듣던 강만리는 속으로 혀를 내둘렀다.

사실 워낙 거리가 떨어져 있고 눈보라와 함성, 고함 등의 소리 때문에 강만리는 그들이 나눈 대화 중 절반 정도 들을 수 있었고, 또 그 절반 중에서 겨우 절반 정도만 이해할 수 있었다.

그럼에도 불구하고 가장 중요한 부분, 이 여진의 대군을 이끄는 자가 누구인지 알아냈다는 건 확실히 천조감응진력의 위용이라 할 수 있었다.

'어쨌든 아직 잡히지 않은 모양이로군.'

강만리는 패륵이 강호오괴의 뒤를 쫓고 있다는 사실에 내심 마음이 놓였다. 그러고는 절벽 아래 패륵을 가리키며 담우천에게 말을 건넸다.

"저기 저 노인네 보이십니까?"

담우천이 고개를 갸웃거렸다.

"노인네라니?"

"아."

강만리는 이내 자신이 실수했음을 깨달았다.

강만리야 패륵의 목소리를 들었으니 노인이라고 생각할 수 있었지만, 이렇게 높은 곳에서 내려다보는 패륵은 그저 두 개의 뿔이 달린 투구를 쓴 장수로밖에 보이지 않았다.

"저자 말입니다. 뿔이 달린 투구에 황금빛 말을 탄 건장한 체구의 장수 말입니다."

"흐음, 알아보겠네. 그럼 저자가 패륵인가, 뭔가 하는 노인인가 보군그래."

"네. 저 노인만 해치우면 어느 정도 여진의 사기를 떨어뜨릴 수 있을 것 같습니다."

강만리는 담우천의 눈치를 살피며 조심스레 말을 이었다.

"워낙 여진의 무리가 많아서…… 이 상태로 저자를 암

살하러 갈 수 있겠습니까?"

 물론 암살이야 가능할 것이다. 문제는 살아서 이곳 절벽 위까지 도망칠 수 있느냐 하는 것이었다.

 상대는 패륵 한 명이 아닌 무려 일만의 대군이었다. 거기에다가 천오백 무림 고수들은 덤이었다.

 "상관없겠지."

 담우천은 담담하게 말하고는 모용세가 사람들로부터 창 한 자루를 건네받았다. 그는 담담히 호흡을 고르면서 패륵을 주시했다.

 강만리의 눈이 휘둥그레졌다.

 "설마……."

 그는 입을 열다가 황급히 다물었다. 자칫 담우천을 방해할 수 있겠다는 생각이 들었다.

 호흡을 가라앉힌 담우천은 자신의 내력을 모두 끌어올리고는 천천히 창을 들었다. 그리고 절벽 아래 제대로 보이지도 않는 패륵의 정수리를 겨냥한다 싶은 순간, 어느새 그의 손에서 창이 사라졌다.

2. **퇴각(退却)**

 비화창은 화약의 폭발력을 이용하여 발사하는 무기였

다. 고막을 찢을 듯한 강렬한 파공성을 일으키며 허공을 가르고 수십 장을 날아가서, 서너 명의 적을 꼬치처럼 관통하는 압도적인 살상력을 지닌 무기였다.

담우천이 패륵의 정수를 겨냥하고 내던진 창은 비화창과는 달랐다. 별다른 파공성도 일지 않았다. 그저 공간과 공간을 잇는 가장 짧은 거리인 일직선의 궤적을 따라 쏘아졌을 따름이었다.

가공할 파공성도 일지 않으니 그 소리에 경각심을 느낄 수도 없었다. 하지만 비화창처럼 빠르게 백여 장 거리를 격하고 날아드는 창이었다. 패륵이 미처 눈치채기도 전에, 주변 전사들이 대처하기도 전에 담우천이 날린 창은 패륵의 투구를 꿰뚫고 가슴팍으로 튀어나왔다.

"끄르륵."

패륵의 입에서 앓은 듯한 혹은 뭔가 끓는 듯한 괴이한 소리가 흘러나오나 싶더니 이내 피를 토하며 앞으로 꼬꾸라졌다. 깜짝 놀란 전사들이 황급히 그를 부축했다.

하지만 이미 패륵은 절명한 후였다. 단 한 번의 창질에, 일만 대군을 이끄는 여진의 패륵이 목숨을 잃은 것이었다.

"누구냐?"

패륵을 부둥켜안은 전사가 울부짖듯 고함쳤다.

"이 개자식들!"

"빌어먹을 니칸들!"

전사들은 피눈물을 흘리며 주변을 둘러보고 또 절벽 위를 노려보았다. 그러나 그들의 시야는 사방을 휩쓸고 있는 눈보라에 가려져 한 치 앞도 분간할 수가 없는 상황, 백여 장 높은 절벽 위에서 강만리가 놀라 입을 쩍 벌리고 있는 모습은 그 누구도 확인할 수가 없었다.

"혀, 형님."

강만리는 더듬거리며 겨우 입을 열었다.

"이런 게 가능하신 겁니까?"

놀란 건 강만리뿐만이 아니었다. 화군악과 장예추는 물론이거니와 모용현아마저 믿기지 않는다는 표정으로 담우천을 쳐다보았다.

담우천은 담담한 어조로 말했다.

"예전보다 조금 실력이 는 모양이다."

"아니, 이게 조금 는 겁니까? 창 한 자루로 이만한 무위를 떨칠 수 있다면, 이제 감히 그 누구도 형님 앞에 모습을 드러낼 수 없을 것 같은데요."

화군악의 말에 담우천은 살짝 눈썹을 찌푸리며 대꾸했다.

"내 창질이 일류급이나 절정급 고수들에게도 통할 거라고 생각하느냐? 아니, 자네라면 어떨 것 같으냐?"

"그, 그야……."

괴물과 영웅(英雄) 〈265〉

"패륵이라는 자는 무공이 없거나 아니면 겨우 삼류 무사 정도의 실력을 지니고 있을 뿐이다. 그런 자를 상대로 창을 던져 암살하는 건 자네라도 충분히 할 수 있는 일이다."

"하지만 방금 봤잖습니까? 전력을 다해 내던진 창이 어찌 소리 한 점 내지 않고 그렇게 날아갈 수 있답니까?"

고수들이 화살을 비롯한 암기를 대처하는 방법 중 하나가 바로 소리였다. 그들은 화살이나 표창이 날아오는 소리를 듣고 방향과 속도, 파괴력까지 예측하여 방비하고 대처한다.

하지만 만약 아무런 소리도 없이 날아드는 화살이나 표창이 있다면 어떨까.

지금 담우천의 창이 그와 비슷했다.

물론 당장이야 약간의, 아주 희미한 소음이 일기는 했지만 예서 조금 더 발전한다면 아무런 소리도 없이 백여 장을 날아가 적의 심장을 꿰뚫을 터였다.

그런 경지에 오르게 된다면 담우천의 암습 앞에서 버틸 수 있는 사람은 없게 될 것이었다.

화군악이 말하고자 하는 바가 바로 그러했다.

"그건 나중에들 이야기합시다."

강만리가 끼어들며 대화를 중단했다.

"패륵이 죽은 상황에서 여진족들이 어떻게 움직일지

지켜봅시다. 만약 진격을 멈추지 않는다면 또 다른 준비를 해야 하니까요."

강만리의 말에 사람들은 현실로 돌아왔다.

아직 전투는 끝나지 않았다. 패륵이 죽은 사실을 모르는 여진족 전사들이 대부분이었고, 그들은 퇴각하는 무림 고수들을 몰살시키기 위해 계속해서 전진, 또 전진했다.

고천룡을 비롯한 수십 명의 절정 고수가 그 앞을 가로막은 채 항전하고 있었지만, 물밀듯 쏟아져 들어오는 압도적인 병력 앞에서는 그들이 지닌 절정의 무공도 큰 소용이 없었다.

전황은 무림 고수들이 크게 불리했다. 고천룡들의 희생으로 남은 무림 고수들이 살아남을 수 있다면 그것만으로도 행운이라고까지 할 수 있을 지경이었다.

강만리는 입술을 굳게 다문 채 묵묵히 전장을 내려다보았다. 같은 핏줄의, 같은 땅에서 살아가는 무림 고수들이 처절하게 싸우고 다치고 죽는 모습을 보고 있었지만 의외로 별다른 감흥이 일지 않았다.

강만리는 괴물이 아니었다. 사람이 서로 죽고 죽이는 걸 보면서 기뻐하는 변태도 아니었다. 단지 지금의 상황이 그를 이렇게 냉혈한(冷血漢)으로 만들었다.

여진족이나 무림 고수나 그 어느 쪽이든 강만리와 형제

들의 안위를 위협하는 존재였으니까. 어느 쪽이든 끝까지 살아남게 된다면 강만리의 가족들이 위험할 수 있었으니까.

물론 강만리는 영웅(英雄)도 아니었다. 나라를 위해 모든 걸 던질 의기(義氣)가 있는 것도 아니었으며, 또한 정의(正義)를 세우기 위해 불법(不法)과 개인의 이익을 외면하지도 않았다.

그에게는 자신과 가족, 의형제들의 안전이 무엇보다 최우선이었다. 거기에 더하면 황태자 주완룡까지, 그게 전부였다.

그들을 지킬 수만 있다면 강만리는 얼마든지 나라를 팔아먹을 수도 있었고, 정의를 외면할 수도 있었다.

그게 평범한 백성인 강만리였다.

결국 대의(大義)는 없는 것이다.

대의는 소의(小義)를 이길 수 없었다. 대의가 나라와 민족을 향한 것이라면 소의는 개인의 정의였다. 개인의 안위와 이익과 영달 앞에서 정의는 외면당하고 법은 부당해질 뿐이었다.

대의는 영웅들에게나 필요한 것이었다. 일개 백성들에게는 하루하루 살아갈 식량과 용기와 희망이, 대의와 정의보다 몇 배는 더 소중하니까.

강만리는 냉정하고 침착하며 무표정한 얼굴로 절벽 아

래쪽의 상황을 지켜보다가 문득 가볍게 한숨을 쉬며 고개를 끄덕였다.

"다행이다. 놈들이 퇴각하려는 것 같구나."

아닌 게 아니라 여진족 전사들의 진격이 멈췄다. 무슨 이야기를 전해 들은 듯 그들은 새파랗게 안색이 질린 채 말을 돌려 뒤쪽으로 도주하기 시작했다.

그 바람에 고천룡을 비롯하여 선두에서 여진족과 싸우던 무림 고수들 역시 퇴각의 기회가 생겼다.

고천룡들은 어리둥절한 얼굴을 한 채 도망치는 여진족을 지켜보다가 그들의 뒤를 쫓는 대신 동료들과 함께 빠르게 대망회랑을 빠져나갔다.

반면 여진족의 퇴각은 매우 느릿했다. 협곡을 가득 메운 상황에서도 후미에서는 아직도 여진족의 전사들이 꾸역꾸역 밀려들고 있었다. 그들에게까지 퇴각 명령이 전달되려면 아무래도 제법 시간이 필요했다.

또한 후미의 여진족 전사들은 대부분 말을 타지 않고 수레를 끌고 오는 중이었는데, 아무래도 무기나 식량을 보급하는 무리인 듯했다.

천조감응진력 덕분이었을까. 여전히 눈보라가 휘몰아치는데도 강만리는 협곡 저 멀리서 그들이 끌고 오는 수레까지 확인할 수 있었다.

일순 강만리의 눈빛이 반짝였다. 하지만 그는 곧 한숨

을 쉬며 중얼거렸다.

"아쉽군. 저 수레들만 파괴하거나 약탈할 수 있다면 여진족을 소흥안령산맥 저편으로 확실하게 퇴각시킬 수 있을 텐데."

"그럼 그렇게 하지."

담우천은 아무 일도 아니라는 듯 말했다. 강만리가 눈을 크게 뜨며 물었다.

"가능하시겠습니까?"

"오늘 밤 몰래 잠입하여 불을 지르고 빠져나오면 되는 일이 아닌가?"

외려 담우천이 고개를 갸웃거리며 되물었다.

"아아."

가만히 듣고 있던 모용현아가 그 의미를 알 수 없는 한숨을 내쉬었다.

"저도 함께 갈까요?"

"아니, 넌 할 일이 있어. 군악과 함께."

장예추가 담우천에게 물을 때 강만리가 황급히 입을 열어 제지했다.

"여진의 대군은 담 형님이 맡기로 하고, 너희 둘은 무림 고수 쪽을 맡아."

오래간만의 임무에 화군악이 기뻐하며 물었다.

"그럼 뭘 하면 됩니까? 설마 저자들과 화평(和平)을 논하라고 보낼 리는 없을 테고."

"화평은 무슨."

강만리는 냉혹하게 말했다.

"이제 놈들에게 우리의 힘을 제대로 보여 줄 때니까. 함부로 우리를 뒤쫓다가는 무슨 일이 생기게 되는지 똑똑하게 알려 줘야겠지. 두 번 다시 우리를 쫓지 못하도록, 우리 형제와 가족들에게 위협을 주지 못하도록 말이다."

순간 장예추와 화군악의 눈빛이 변했다. 장예추가 담담한 어조로 말했다.

"역시 암살입니까?"

"그래."

강만리는 고개를 끄덕였다.

"퇴각하는 무리의 뒤를 쫓으면서 하나씩 죽이는 거. 그동안 많이 해 봤잖아?"

아닌 게 아니라 그런 암살이라면 지금까지 꽤 많은 경험을 해 본 장예추였다. 장예추가 천천히 고개를 끄덕일 때, 화군악이 웃으며 그에게 말했다.

"그럼 우리 행적이 발각되기 전까지 과연 누가 많이 죽이느냐 내기해 볼까?"

장예추는 담담하게 말했다.

"무조건 내가 이기지."

"호오, 정말 허풍 하나는 천하제일이라니까. 좋아. 그럼 내기하는 거다? 지면 내 소원 하나 들어줘야 해?"

화군악은 한 달 넘게 강호오괴와 함께 지내면서 물이 든 듯, 내기에 중독된 사람처럼 열을 올렸다.

3. 그녀 특유의 화법(話法)

'도대체 이 사람들, 뭐하는 사람들이야?'

모용현아는 어처구니없다는 표정을 지은 채 화군악과 장예추를 돌아보았다.

상대는 무림의 고수, 최소한 일류급 이상의 실력을 지닌 고수들이었다. 그들의 뒤를 쫓아가 들키지 않고 하나씩 죽이겠다니. 이건 은자림이나 살막의 살수들조차 쉽게 할 수 없는 일이었다.

그런데도 화군악과 장예추는 태연하게, 마치 물고기 몇 마리를 낚느냐 하는 듯한 얼굴로 내기 운운하고 있는 것이었다.

물론 모용현아도 장예추나 화군악의 무공이 뛰어나다는 건 잘 알고 있었다.

하지만 무공이 뛰어난 것과 암살은 전혀 다른 의미였다. 특히 지금처럼 무리의 뒤를 쫓으면서 정체를 들키지 않은 채 하나씩 살해하는 건 더더욱 다른 부류라 할 수 있었다.

'불과 다섯 명의 사내들이 건곤가를 비롯한 오대가문과 맞서 싸운다, 이건가?'

모용현아는 새롭다는 눈빛으로 강만리들을 둘러보았다. 왠지 그녀의 가슴이 두근거리고 있었다.

* * *

"몇이나 되오?"

고천룡의 말에 건곤가의 부당주 한 명이 숨을 헉헉거리며 대답했다.

"대략 삼백 명에서 사백 명 정도가 죽거나 협곡을 빠져나오지 못한 것 같소이다."

"으음."

고천룡의 안색이 가라앉았다. 다른 하북육의 역시 침음한 표정을 짓고 있었다.

충격이었다.

무공을 변변히 익히지도 못한 변방의 오랑캐 여진족 따위에게 무림의 고수들 삼사백 명을 잃은 것이었다. 만약 풍문으로 들었다면 아예 믿을 생각 없이 콧방귀를 낄 일이었다.

"거기에 다시 삼사백 명 정도가 이탈했으니, 현재 남은 인원은 많아야 팔백 명 정도일 것이외다."

부당주 역시 침울한 목소리로 말했다.

며칠 전의 산불부터 시작해서 이날 전투까지, 무림오적의 추격을 단념하고 떠난 자의 수가 삼사 백이나 되었다. 그들은 자신의 안위를 위해 대의를 외면한 것이었다.

"지금은 떠난 사람을 아쉬워할 때가 아니오. 죽은 사람을 안타까워할 때도 아니오."

천양걸개가 걸걸한 목소리로 말했다.

"지금은 무엇보다 사람들을 추스르고 다독여서 무너진 결의를 다시 세우게 하는 게 중요하오. 그리고 차후 어떻게 행동할지 결정하는 게 가장 시급한 문제라 할 수 있소."

경험이 많은 노고수답게 천양걸개는 현 상황의 문제점을 제대로 파악하고 있었다.

"잘 생각해 보시게. 계속해서 무림오적을 쫓는 명분이 더 클지, 아니면 오랑캐 여진을 막는 게 더 대의에 가까운지 말일세."

천양걸개는 고민하는 고천룡을 향해 그렇게 말했다. 고천룡은 입술을 깨물었다.

무림인인 이상 무림의 공적을 해치우는 건 확실한 대의였다. 게다가 죽은 자들에 대한 복수 역시 떳떳하고 당당한 대의였다.

 하지만 나라를 위급하게 만드는 오랑캐의 침입을 막는 건, 무림인을 떠나 이 나라에서 살아가는 백성의 도리이자 의무였다.

 과연 어느 쪽의 대의가 더 큰 대의라고 할 수 있을까.

 고천룡이 고민하고 있을 때, 건곤가 부당주들이 서로 눈짓을 교환한 다음 그중 한 명이 입을 열었다.

 "우리가 무림오적의 뒤를 쫓겠소이다. 그리고 고 대협께서는 돌아가셔서 오랑캐들의 침범 소식을 황궁과 사람들에게 알려 주시는 게 어떻겠소이까?"

 "으음."

 고천룡이 신음을 흘렸다. 하북육의의 둘째가 입을 열었다.

 "형님은 그리하셔야 합니다. 누구든 강호의 신용이 높고 신뢰가 깊은 자가 이 사실을 전해야만 비로소 사람들이 믿을 테니까요. 하지만 우리는 막내의 복수를 하지 않고 돌아갈 생각은 추호도 없습니다."

 셋째가 말했다.

 "막내는 여진의 무리에게 죽은 게 아닙니다. 절벽 위에 숨어 있던 무림오적에게 당했습니다. 반드시 놈들을 죽여서 막내의 영혼을 위로하겠습니다."

 "으음."

고천룡은 이번에도 신음을 흘리다가 문득 고개를 돌려 주위를 둘러보았다.

대망회랑의 입구.

여전히 폭설이 휘몰아치는 가운데 대략 칠팔 백 명의 무림 고수들이 사방에 흩어 앉아 있었다.

그중 절반 이상이 피투성이가 된 채로 넋을 잃은 표정을 짓고 있었다. 한나절 동안 얼마나 치열한 전투가 있었는지 보여 주는 대목이었다.

폭설은 계속 쏟아졌고, 그들의 피범벅이 된 옷은 흠뻑 젖었다가 빳빳하게 얼어붙었다. 이대로라면 아무리 내공이 강한 고수들이라 할지라도 추위를 견디지 못하고 동상에 걸릴 위험이 컸다.

어쩌면 제일 급한 건 무림오적이냐 여진족이냐를 따지기 이전에, 이 폭설을 피해 몸을 추스르는 일일 듯싶었다.

"우선 눈을 피할 공간을 찾아봅시다."

고천룡은 주위에 모여 앉은 수뇌부들을 향해 제안했다.

"모닥불이라도 피워서 몸을 녹이고 따뜻하게 한 다음 뭔가 사냥이라도 해서 충분히 먹어 둬야 할 것 같소. 그렇게 기력과 체력을 회복한 후에 앞으로의 행동을 논의해도 늦지 않을 것 같소."

몇몇 사람들이 반론을 펴려다가 문득 주변을 둘러보고는 깊은 한숨을 내쉬며 고개를 끄덕였다.

"허어, 천하 무림의 고수들이 이렇게까지 낭패를 보게 될 줄이야."

천양결개가 그답지 않은 침울한 표정을 지으며 중얼거렸다. 고천룡이 고개를 끄덕이며 말을 받았다.

"무림 고수라 할지라도 결국에는 사람인 게지요. 혹한의 추위를 견디지 못하고, 또 배고픔과 목마름을 참지 못하는 사람 말이외다."

고천룡의 말에 사람들은 왠지 모를 처연한 기분을 맛보며 미미하게 고개를 끄덕였다.

* * *

대망회랑의 입구에 모여 있던 수백 명 무림 고수들이 자리를 뜨고 나서도 한참이 지나서야 비로소 눈발이 약해졌다. 강만리 일행은 그제야 비로소 절벽 아래로 내려왔다.

해가 지려면 아직 넉넉하게 시간이 남아 있었지만 여전히 하늘은 우중충한 잿빛으로 물들어 있는 것이, 언제 갑자기 어두워질지 감을 잡을 수가 없었다.

어느새 무릎까지 쌓인 눈밭의 절벽을 따라서 걸어 내려

오는 일은 절대 쉽지 않았다. 나름대로 무위가 뛰어난 이들이었지만 다들 미끄러지지 않도록 모든 신경을 집중하여 절벽 길을 따라 지상으로 내려왔다.

"강호오괴는 도대체 어디에 있을까요?"

화군악이 주위를 둘러보았다.

강만리로부터 그들이 아직 살아서 여진족의 대군에 쫓기는 중이라는 소식을 전해 들은 터였지만, 어디에고 그들의 모습은 보이지 않았다.

"어쩌면 이때다 싶어서 멀리 도망쳤을 수도."

"설마요. 그렇게 쉽게 배신할 사람들은 아니라고요."

"허어. 아직도 사람을 믿는 거야, 너는?"

강만리의 어이없다는 말투에 화군악은 입을 다물었다.

하기야 가장 친한 친구로부터 배신을 당하고 죽기 직전까지 몰렸던 화군악이었으니, 사람이라는 게 얼마나 얄팍한 존재인지 누구보다도 더 잘 알고 있을 터였다.

"어쨌든 그럼 나는 먼저 가 보겠네."

문득 담우천이 말했다.

여진족의 대군은 아직도 협곡 끝자락을 빠져나가지 못했다. 조금이라도 빨리 움직일수록 더 빠르게 목적을 달성할 수 있었다.

강만리가 배웅하듯 나서며 말했다.

"그럼 약속한 장소에서 기다리겠습니다."

"약속한 시각보다 하루라도 늦으면 먼저 출발하게."

"그럴 리가요. 형님이 돌아오실 때까지 기다리고 있겠습니다."

"뭐, 마음대로 하시게."

담우천은 한 차례 어깨를 으쓱거리고는 곧바로 지면을 박차고 협곡 안으로 날아갔다. 순식간에 그의 신형이 사람들의 시야에서 사라졌다.

'대단하네, 진짜.'

모용현아가 낮은 한숨을 쉬고는 문득 장예추를 돌아보며 입을 열었다.

"가서 죽어도 좋아요."

장예추가 그녀를 바라보았다. 모용현아는 빙긋 웃는 얼굴로 말을 이었다.

"아니, 이왕이면 죽는 게 더 나을지도 모르겠네요."

"안타깝군."

장예추가 말했다.

"당신의 소원을 들어줄 수가 없어서 말이오."

"뭐, 살아서 돌아와도 상관은 없고요."

그렇게 말한 모용현아는 미련 없다는 듯 몸을 돌려 모용세가 사람들에게로 걸음을 옮겼다.

"무섭네, 진짜."

화군악이 그녀의 굴곡진 뒷모습을 힐끗거리며 장예추

에게 소곤거렸다.

"저 무서운 여자가 네 둘째 부인이란 말이지?"

강만리가 다독이듯 말했다.

"무사히 돌아오라는 그녀 특유의 화법일 뿐이다."

장예추가 희미하게 웃으며 대답했다.

"알고 있습니다."

10장.
일만(一萬) 대군(大軍)

'말을 좋아하는 사람치고 성품 나쁜 자는 없다고 했던가?'
말은 영리한 동물이었다.
엉큼하거나 음험하거나 겉과 다른 속내를 가지고 접근하는 자들을
정확하게 가려낼 수 있었다.
그래서 말과 마음을 트는 건 생각보다 어려운 일이었다.

일만(一萬) 대군(大軍)

1. 몰래 다가선 자

 백여 장 깊이의 협곡을 가득 메울 것처럼 퍼붓던 눈보라도 시간이 흐르고 어두워지면서 더는 내리지 않았다.
 하지만 그 한나절 내내 쏟아진 눈은 건장한 사내의 무릎까지 쌓여서 사람들의 움직임을 제한하고 이동하기 어렵게 만들었다.
 여진의 일만 대군이 대망회랑의 협곡에서 퇴각하기까지 오랜 시간이 걸린 건 당연한 일이었다. 그들이 대망회랑에서 십여 리 떨어진 숲에서 진을 치고 야영을 준비할 때는 이미 밤이 깊은 후였다.
 일만의 대군이 진격했다가 협곡 내에서 이삼천 명의 사

상자를 내고 거기에다가 패룩까지 잃은 채 퇴각했으니, 그야말로 대패라 할 수 있었다. 당연히 야영의 분위기는 침울하게 가라앉을 수밖에 없었다.

 하지만 상대는 어디까지나 무림의 최고 고수들이었다. 그들을 상대로 싸워서 이삼천 명밖에 잃지 않은 건 외려 그만큼 여진족 전사들이 뛰어났고, 또 여진의 군대가 훌륭했다는 방증이라 할 수 있었다.

 여진족 사람들은 자신들과 싸워서 수백 명의 사상자를 낸 무림 고수들이 얼마나 큰 충격과 심적 타격을 입었는지 전혀 알지 못했다.

 '그나저나 일만 대군이라는 게 진짜 대단하군그래.'

 퇴각하는 여진족 대군의 뒤를 쫓아온 담우천은 그 거대한 야영지를 둘러보며 내심 혀를 내둘렀다. 만 명, 아니 이제는 칠팔천 명에 불과하지만 어쨌든 그 많은 병력이 한데 집결해 있는 광경은 그야말로 장관이었다.

 수백 개의 모닥불이 하늘의 별처럼 빛나는 가운데, 각 모닥불을 중심으로 해서 십여 개의 움막들이 하나의 진영을 이뤘으니 지금 이 숲에는 수백 개의 진영이 원을 그린 채 모여 있다고 해도 과언이 아니었다.

 '불과 만 명의 군대가 이럴진대 십만 명, 백만 명의 대군이 움직일 때는 과연 어떨까?'

 담우천은 은밀히 이동하며 문득 그런 생각을 떠올렸다.

과연 십만 명을 상대로도, 백만 명의 군대를 상대로도 무공이라는 게 제대로 발휘될 수 있을까? 공적십이마 같은 무림의 최절정 고수는 과연 몇 명의 군사를 상대로 싸울 수 있을까.

 담우천은 그런 엉뚱한 상념을 떨쳐 낸 다음 다시 현실에 집중했다. 그는 나무와 나무를 건너고 움막의 뒤쪽과 모닥불의 그림자를 이용하여 조금씩 야영지 안쪽으로 이동했다.

 물론 그런 담우천의 움직임이나 기척을 알아차리는 여진족 전사는 단 한 명도 없었다.

 천하의 누가 감히 이 일만 대군의 야영지 한복판으로 홀로 뛰어들어 움직일 수 있을까. 그런 담대한 배짱을 지닌 사람이 존재할 거라고는 꿈도 꾸지 않은 채, 여진족 전사들은 침울한 기색으로 때늦은 식사를 준비하고 있었다.

 담우천은 결코 자만하거나 자신을 과신하지 않았다. 상대가 대부분 무공을 모르는 여진족 전사라고 해도 무림의 고수들을 대하듯 그렇게 자신의 기척을 숨기고 은밀하게 움직였다.

 그가 목표로 삼은 곳은 이 거대한 진영의 중심부, 일만 대군의 지휘자들이 모여서 대화를 나누고 있는 모닥불이었다.

 강만리의 지시에 따르자면 담우천의 임무는 후방의 물

자와 창포를 박살 내서 놈들의 재진격을 막는 일이었다. 하지만 담우천의 생각은 약간 달랐다.

'기껏 예까지 왔는데 수뇌부들에게 인사 한번 제대로 하지 않고 돌아가면 역시 서운하겠지.'

담우천은 그렇게 생각하며 문득 무두르의 말을 떠올렸다.

-회담이나 군사 회의, 비밀회의를 할 때는 언제나 재 앞에서 한다. 회담이 성사되거나 군사 회의를 마치면 그 재를 사방으로 흩뿌려 하늘로 날려 보내지. 그게 제대로 끝났다는 우리들의 의식이다.

무두르는 강만리와의 회합을 마치고 재를 흩뿌리며 그렇게 말했다. 즉, 지금 패륵이 죽은 상황에서 긴급회의를 펼치고 있는 자리에는 분명 재가 한 움큼 쌓여 있을 터였다.

담우천은 수많은 모닥불을 지나치면서 반드시 그 재를 확인했다. 그리고 마침내 적잖은 자들이 둥그렇게 모여 앉은 모닥불, 그곳에 쌓인 재를 발견할 수가 있었다.

사오십 명가량의 남녀노소가 한자리에 모여 있었다. 건장한 체구의 전사들은 물론 탱탱하면서도 날렵한 몸매의 여전사와 죽은 패륵처럼 뿔 달린 투구를 쓴 노인네들까지 그들은 격식을 차리지 않은 채 아무렇게나 둘러앉아서 거친 대화를 나누고 있었다.

담우천은 주변 움막 뒤쪽에 몸을 숨긴 채 고개만 살짝 내밀어 그 광경을 지켜보았다. 아쉽게도 그들이 무슨 대화를 나누는지는 알아들을 수가 없었지만 꽤 격한 감정이 오가는 것만큼은 분명해 보였다.

 한 족속의 대추장이 다른 부락과 족속을 굴종시키면서 일만 이상의 대규모 집단을 형성하게 되면, 그 대추장을 가리켜 패륵이라 불렀다.

 즉, 패륵은 다른 부족들과 혈연이나 인척 관계로 이어지지 않은, 그저 전투와 승리의 결과로 만들어 낸 자리일 따름이었다. 그 패륵이 죽었으니 다른 부족의 추장들이 스스로 패륵이 되겠다고 나서는 건 너무나도 당연한 일이었다.

 패륵 밑의 추장들은 각각 명안(明安)과 목곤(穆昆)이라는 직책으로 불렸다.

 명안과 목곤은 금나라 시절부터 이어 온 군사 체계 중 일부러, 명안은 곧 천 명을 다스리는 천부장(千夫長)을 뜻했고 목곤은 곧 백 명을 다스리는 소추장, 백부장(百夫長)을 뜻했다. 즉, 한 명의 패륵 밑에는 열 명의 명안과 백 명의 목곤이 있다는 뜻이었다.

 애당초 신분의 고하가 없는 여진족인 만큼 군대에서도 그와 비슷하게 행동했다. 위로는 칸[汗]으로부터 아래로는 목곤까지 한데 모여서 음식을 먹고 술을 마시며 기탄없이 서로의 의견을 나눴다.

그런 행동에는 한 치의 차별이 없어서 그야말로 부모, 형제와 같았고, 또 위아래 정이 통하여 서로를 배신하거나 다른 마음을 먹지 않았다. 그게 여진족의 군대가 강한 이유 중 하나였다.

하지만 그건 어디까지나 우두머리라는 중심이 딱 버티고 있을 때 한해서였다. 아래에서부터 모든 이들을 하나로 묶어 주는 중심이 사라지면, 다시 갈라져서 반목하고 싸우는 게 역시 평소의 여진족이었다.

지금도 마찬가지였다.

패륵이 죽고 중심이 사라지자, 다들 새로운 패륵이 되기 위해 서로 눈을 부라리고 목소리를 높이고 심지어 협박까지 하고 있었다.

열 명의 명안 중에서도 특히 세력이 크고 무력이 강한 세 명의 명안이 가장 크게 소리치고 있었다.

"모슬라가 남긴 유언에 따르자면 나, 완탈(宛奪)을 다음 패륵으로 인정한다고 했다!"

"헛소리! 그 유언을 들었다는 자가 네 수하 말고 또 누가 있더냐?"

"다들 진정하게. 나이로 보나 사람을 다루는 능력으로 보나 말재주로 보나, 또 칸과의 인연으로 보나 역시 내가 다음 패륵이 되어야겠지."

"헛소리! 혼자서는 오줌도 못 싸는 늙은이가 패륵은 무슨 패륵! 모슬라가 죽은 이후 이 남은 부대를 이끌 힘과 정력과 무력을 지닌 건 오직 나뿐이다!"

 세 명의 명안은 그렇게들 주장하며 자신이야말로 차기 패륵이 될 수 있는 최적의 명분과 힘을 지녔다고 웅변했다. 다른 명안들과 목곤들은 진지한 눈빛으로 그들의 이야기에 귀를 기울였다.

 '그렇군. 차기 패륵으로 내가 낫다고 주장들을 하고 있나 보구나.'

 담우천은 비록 말은 알아들을 수 없었지만 그래도 분위기를 보고는 대충 짐작했다.

 '그렇다면 지금 일어나서 떠들고 있는 저 세 명이 차기 패륵의 후보라는 건데.'

 담우천은 가만히 그 세 사람을 바라보았다.

 그들은 한 명의 늙은이와 한 명의 중년 사내, 그리고 한 명의 청년이었다. 그중 제일 나이 어린 청년이 제 가슴을 두드리며 완탈, 완탈 하는 걸 보면 아무래도 청년의 이름이 완탈인 모양이었다.

 '대체로 노인네들이 신중하지.'

 담우천은 세 명을 둘러보며 머리를 굴렸다.

 '혈기 방장한 청년이 새로운 패륵이 된다면 역시 전열을 정비한 후 재진격을 할 가능성이 클 터.'

 만약 이 자리에서 암살을 시도한다면 노인네를 남기고

중년 사내와 청년을 해치우는 게 가장 좋은 방법이라는 생각이 들었다.

'하지만 지금은 시기상조라고나 할까.'

지금 담우천이 숨어 있는 곳은 일만 대군이 야영하고 있는 한복판이었다. 이곳에서 두 명의 명안을 암살한다면, 당연히 그의 정체가 발각될 것이다. 그렇다면 과연 일만의 포위망을 뚫고 도주할 수 있을까.

'굳이 그런 위험한 일을 할 필요가 없지.'

모두 잠든 후 목표물이 자는 움막으로 숨어들어 아무런 소리도 내지 않고 해치운다면, 그리고 보급물자를 불태우고 창포를 박살 내는 것으로 시선을 끈 다음에 도주한다면 그것처럼 쉽고 간단한 방법은 없었다.

담우천이 그렇게 마음을 굳히며 모닥불 쪽의 상황에 집중하던 한순간, 갑자기 그의 등 뒤로 서늘한 기운이 다가섰다. 동시에 등골이 오싹할 정도의 한기가 흘렀다.

누군가 담우천의 등 뒤로 소리 없이 접근한 것이다.

'들켰구나!'

담우천은 입술을 깨무는 동시 빠르게 몸을 돌렸다. 그리고 순식간에 뽑아 든 거궐로 상대의 가슴을 찌르려는 순간, 저도 모르게 헛바람을 집어삼켰다. 흔들리지 않던 평정심이 하마터면 무너질 뻔했다.

쉿.

담우천의 등 뒤에서 몰래 다가온 자가 손가락으로 입을 막으며 조용히 하라는 시늉을 했다. 담우천은 가볍게 눈살을 찌푸리며 검을 회수했다.

-이곳에는 어쩐 일이시오?

담우천이 전음술을 발휘하여 묻자 몰래 다가선 자, 여진족 특유의 복장과 모자를 눌러쓰고 있어서 언뜻 보면 여진족의 노인으로 보이는 노행가가 웃는 낯으로 전음술을 펼쳤다.

-무슨 일이라니요. 애당초 계속 이들과 함께 있었는데요.

'음?'

담우천의 눈이 휘둥그레졌다.

평소 표정의 변화가 많지 않은 그답지 않게 노행가를 마주친 이 짧은 순간 담우천은 벌써 몇 번이나 감정을 드러내고 있었다.

-이야기하면 깁니다. 이쪽으로 오시죠, 담 나리.

노행가는 담우천의 소매를 잡아 이끌었다. 담우천은 뒤를 힐끗 돌아보았다. 아직도 격론은 끊임없이 이어지고 있었다.

-아, 저건 너무 신경 쓰지 않으셔도 됩니다. 대화를 마치고 이어지는 술자리까지 생각한다면 앞으로 한 시진 이상은 계속될 테니까요.

노행가의 전음이 담우천의 귓전을 파고들었다.

'그렇다면야.'

담우천은 모닥불 쪽에서 시선을 떼고는 노행가의 손짓에 따라 자리를 떴다.

2. 하인 놀이

크고 단단한 나뭇가지로 골조를 삼고 그 위에 원추형으로 짐승 가죽을 덮은, 그야말로 간단하기 그지없게 설치하고 해체할 수 있게 만들어진 여진족 특유의 모옥 안에는 네 명의 노인이 동그랗게 모여 앉아 있었다.

그들 모두 여진족의 가죽옷과 털옷, 모자로 단단히 무장하고 있었는데 하나같이 연륜이 깊은 여진족의 노인들 같았다.

그들은 잔뜩 긴장한 얼굴로 앉아 있다가, 노행가와 함께 움막으로 들어서는 담우천을 보고 각자 서로 다른 반응을 보였다.

"쳇! 졌네."

"흐음, 강 나리가 아니란 말이지?"

"에잇! 그래도 함께 지낸 정이 있지. 당연히 화 나리가 오셔야 하는 거 아냐?"

"헤헤. 내 말이 맞지? 담 나리가 올 거라고 나만 말했잖아? 내기는 내가 이긴 거야."

그렇게 울상을 짓거나 희희낙락하던 네 명의 노인은 곧 자리에서 일어나며 담우천에게 정중하게 말했다.

"어서 오십쇼, 담 나리."

"담 나리께서 직접 우리를 데리러 오시다니, 정말 영광입니다."

"이쪽으로 앉으시죠, 나리."

노인들은 비굴할 정도로 정중하게 말했다.

하기야 강만리가 너무 겸양하는 것도 좋지 않다고 했지만, 강호오괴는 하인 된 도리로 이렇게 말하는 게 당연하다며 뜻을 굽히지 않았으니까.

어쩌면 이들은 이 '하인 놀이'를 매우 즐기고 있는 것인지도 모르는 일이었다.

담우천은 그들이 안내하는 대로 자리에 앉았다. 묻고 싶은 말은 태산이었지만 굳이 입을 열지는 않았다.

그러자 싱글벙글 시시간이 답답하다는 듯 먼저 입을 열었다.

"그나저나 이곳에서 우리가 무슨 활약을 벌였는지 궁금하지 않으십니까?"

담우천은 대답 대신 움막, 포(包)를 둘러보았다. 두툼한 가죽 몇 장이 깔려 있고 또 조그맣게 불을 피울 수 있는 자리까지 만들어져서, 하룻밤 추위 정도는 어렵지 않게 피할 수 있는 듯 보였다.

다른 여진족 전사들이 묵고 있는 포의 내부를 확인해 보지 않았지만, 다들 비슷한 광경이 아닐까 싶었다.

시시간이 초조하다는 듯 재차 입을 열었다.

"어떻습니까? 우리가 어떤 활약을 벌였는지 궁금하시죠? 한번 말씀드려 볼까요?"

"괜찮소이다."

담우천은 어느새 담담한 표정을 회복한 채 그렇게 말했다. 시시간의 얼굴에 실망이 가득 차 보였다.

노로통이 웃으며 그의 어깨를 다독이고는 입을 열었다.

"패륵이 이 원정에 데리고 온 계집을 범하여, 그들이 분노하여 협곡으로 내달리게 만든 건 오로지 제 계략이었습니다. 물론 계집은 우리 모두 똑같이 번갈아 가며 범했습니다. 그런 일에는 누구 하나 빠지면 안 되니까요."

노로통은 자신들, 특히 자신의 활약상을 강조하며 말을 이어 나갔다.

"또한 굳이 우리가 도망치지 않고 여진의 노병으로 변장하여 보급물자를 담당하는 부대에 남은 건, 강 장주께서 이 보급물자를 없애기 위해서 반드시 사람을 보낼 거라고 예상했기 때문입니다. 보급물자가 송두리째 없어지게 되면 결국 북경까지의 원정을 계속해 나갈 수 없으니까 말입니다."

'호오.'

담우천은 노로통을 가만히 바라보았다.

천하에 모르는 게 없는 무불통지 노로통이라고 하지만, 며칠 전 담우천이 만난 노로통은 그저 내기에서 패해 화군악의 하인이 된 주책바가지 다섯 노인네 중 한 명에 불과했다. 그런데 지금 이렇게 현기까지 느껴질 정도로 기품 넘치는 모습이라니.

노로통은 계속해서 말을 이어 나갔다.

"미리 후미의 창포에서 화약들을 챙겨 보급물자가 실린 수레에 숨겨 두었습니다. 불만 붙이면 일만 대군이 무려 한 달간 먹을 수 있는 식량과 자재들이 한 시진도 안 되어 송두리째 타 버릴 겁니다."

"허어."

담우천의 표정이 또다시 변했다.

강호오괴의 명성이야 담우천도 익히 들어 알고 있기는 했지만 이렇게까지 재주가 많고 능력이 뛰어날 줄은 전혀 몰랐다. 게다가 주도면밀하게 계획을 세워 일을 진행하는 능력은 강만리 못지않았다.

겉으로 보기에는 엉망이고 형편없으며 즉흥적으로 벌이는 것 같았으나, 그것도 계획의 일부라고 한다면 외려 강만리를 뛰어넘는 지략가라고 할 수도 있었다.

그 노로통이 문득 길게 한숨을 쉬며 말했다.

"하지만 안타깝게도 강 장주께서 직접 오실 거라고 예상한 건 틀리고 말았습니다. 사실 마무리는 주인공이 직접 나서서 짓는 게 보통인데 말입니다."

그러자 대노조가 담우천을 힐끗거리며 소곤거렸다.

"그러니까 애당초 무림오적의 주인공은 강 장주가 아니라 담 나리라니까."

"으음, 그럴 수도."

"호오, 역시 그런 건가?"

노인들이 저마다 수긍하듯 고개를 끄덕이는 모습을 지켜보던 담우천이 힘겹게 입을 열었다.

"우리 다섯 형제 모두 주인공이외다. 강호오괴 다섯 분 모두 주인공이듯 말입니다."

일순 시시간이 제 무릎을 치며 말했다.

"옳거니! 그게 정답이로군요. 우리 다섯 중 누구 하나 특별하지 않고 다들 잘난 것처럼, 무림오적 역시 누구 하나 특별하지 않고 다들 잘난 게 맞습니다. 그러니까 강 장주가 담 나리를 이곳으로 보내든, 화 나리를 보내든 아무런 상관이 없다는 것이죠. 즉, 이번 내기는 애당초 내기거리가 되지 않는다는 뜻인 게고, 내기거리가 되지 않는 내기에서 이겨 봤자 아무런 소용이 없다는 의미가 되는 셈이겠군요!"

듣고 있던 대노조가 화를 벌컥 냈다.

"그게 무슨 소리야? 내가 이긴 건데!"

"쉿."

노행가가 대노조에게 주의를 건넸다. 하지만 한 번 화가 머리끝까지 치솟은 대노조는 계속해서 흥분하여 소리를 내질렀다.

"그건 반칙이라고! 내기에서 졌으면 사내대장부답게 정정당당하게 인정해야지! 도대체 왜 내가 이길 때마다 다른 소리들을 하는 거야, 다들?"

대노조는 악을 바락바락 썼고, 다른 네 명의 노인은 당황하여 어쩔 줄 몰랐다.

그때였다. 움막 밖에서 기척이 들려왔다. 노인들은 당황하다 못해 대노조의 입을 틀어막았다. 대노조가 발버둥을 치며 제 입을 막은 손을 깨물었다. 시시간이 비명을 지를 뻔했다.

움막 밖에서 여진의 언어가 들려왔다.

"무슨 일이요?"

물론 담우천은 그 말의 뜻을 알아들을 수가 없었다.

'그래, 이게 강호오괴인 게지.'

담우천은 체념하듯 그렇게 속으로 중얼거렸다.

한바탕 싸움을 피할 수 없다고 생각한 그의 손이 허리춤으로 가는 순간, 노로통이 여진의 언어로 뭔가 이야기를 했다.

밖의 사람이 다시 말을 건넸고 노로통이 대꾸했다. 껄껄껄 웃는 소리가 들려오더니 이내 발걸음 소리가 멀어져 갔다. 더는 기척이 들려오지 않았다.

"휴우."

사고뭉치 도단귀가 한숨을 쉬며 대노조를 노려보았다.

"나도 가만히 있는데 왜 자네가 사고를 치는 거야?"

대노조는 억울하다는 표정을 지으며 발버둥을 쳤다. 그러거나 말거나 담우천이 노로통을 향해 물었다.

"여진의 언어도 아시오?"

노로통이 우쭐거렸다.

"내가 천하에 모르는 게 어디 있습니까? 왜 무불통지 노로통이라 불리겠습니까?"

"무슨 대화를 나눴기에 그냥 간 것이오?"

"아, 그게 그러니까 혹시 남색(男色)에 관심이 있으면 들어오라고 했습니다. 함께 즐기자고요."

일순 담우천의 표정이 묘하게 변했다.

왜 여진족 전사들이 껄껄 웃으며 서둘러 떠났는지 그제야 이해가 되었다.

한편 남색이라는 말에 대노조는 더욱 크게 발버둥을 치기 시작했다. 졸지에 남색을 당하고 있는 꼴이 된 게 너무나도 분하고 억울한 듯 대노조는 눈물까지 흘렸다.

노로통이 그에게 다짐하듯 물었다.

"풀어 주면 조용할 건가?"

대노조가 황급히 고개를 끄덕였다.

노로통을 비롯한 노인들은 서로 눈치를 보면서 천천히 대노조를 풀어 주었다. 입과 코를 틀어막히는 바람에 숨이 막혔던지 대노조는 몇 번이고 크게 숨을 들이마셨다. 그러고는 분한 표정을 지으며 노로통을 향해 말하려 했다.

"나는 남색을……."

일순 노로통은 대노조가 더는 말하지 못하도록 시시간에게 눈짓을 건넸다.

시시간이 "쳇." 하면서 입을 열었다.

"그래, 이번 내기는 자네가 이긴 걸세."

대노조는 어느새 남색에 관한 생각을 잊은 듯 입을 다물더니 시시간을 향해 눈을 부라리며 다시 말했다.

"아니야. 당연히 내가 이긴 걸 가지고 그렇게 선심 쓰듯 말하면 안 되지."

"그럼 어찌 말해야 하나?"

"내가 졌습니다. 세상에서 가장 똑똑한 사람은 역시 천하의 대노조입니다, 이렇게 말하면 나도 더는 화를 내지 않을게."

시시간의 얼굴이 딱딱하게 굳었다. 노로통이 그의 옆구리를 툭 쳤다. 노행가와 도단귀도 눈을 부라렸다. 시시간은 억울하다는 듯 항변했다.

"나만 진 게 아닌데 왜 나만 그렇게 굴욕적인 말을 해야 하는데?"

"그야 다른 사람들과는 달리 자네만 대노조의 승리를 인정하지 않으려 했으니까."

노로통이 딱 잘라 말했다. 시시간은 입술을 깨물었다. 가만히 지켜보던 담우천은 내심 한숨을 내쉬었다.

'이런 노인네들과 한 달이나 넘게 같이 생활해야 했다니…… 정말 군악이 고생했군그래.'

시간은 느릿하게 흘렀고 침묵은 길었다.

네 명의 노인들은 시시간이 사과하기 전까지는 절대 입을 열지 않겠다는 고집스러운 표정을 지으며 팔짱을 꼈다.

시시간이 문득 고개를 돌려 담우천을 쳐다보았다. 담우천은 황급히 시선을 돌렸다.

담우천마저 자신을 외면하자 시시간은 결국 포기한 듯 입을 열었다.

"내가 졌네."

"졌습니다."

대노조가 말했다. 시시간은 한숨을 쉬며 다시 말했다.

"내가 졌습니다. 세상에서 가장 똑똑한 사람은 역시 천하의 대노조입니다."

대노조가 활짝 웃더니 다른 노인들을 돌아보며 물었다.

"자네들도 다들 인정하지?"

"허험."

"흠. 지금 그게 중요한 게 아니라네. 그럼 이제 어찌할 생각이십니까, 담 나리?"

노로통이 황급히 담우천을 돌아보며 화제를 바꿨다. 담우천은 더는 이 우스꽝스럽지도 않은 이야기들이 이어지지 않도록 빠른 어조로 말했다.

"먼저 차기 패륵 후보들을 죽이기로 하죠."

일순 강호오괴의 눈빛이 새하얗게 빛났다. 새로운 장난감을 가지고 놀게 된 어린아이의 그것처럼 다섯 노인의 표정도 해맑게 반짝이기 시작했다.

3. 난장판을 만들어 놓고

대망회랑에서의 전투가 끝난 지 이틀 후.

강만리 일행은 무릎까지 쌓인 눈밭을 헤치고 동굴로 돌아왔다. 모용세가 사람들은 쉬지도 못한 채 동굴 근처에 숨겨 둔 물건들을 찾으러 나갔다.

모용세가로부터 북해빙궁으로 보내는 예물과 수레는 모두 제자리에 있었지만 말들을 달랐다. 이틀 전 쏟아졌던 폭설과 혹한은, 이곳 관동에서 나고 자란 말들도 감당할 수 없을 정도였다.

대부분의 말이 추위와 폭설을 견디지 못하고 죽었으며, 살아남은 몇 마리 말들조차 수레를 끌거나 사람을 태울 상태가 아니었다.

"어쩔 수 없지."

모용세가 사람들로부터 보고를 받은 강만리는 고개를 끄덕이며 말했다.

"우리 사람들은 걸어가도 상관없지만 수레는 꼭 말들이 끌어야 하니까. 말들이 체력을 회복할 때까지 기다릴 수밖에. 게다가 담 형님과 군악들도 기다려야 하니까."

강만리의 지시에 따라서 모용세가 사람들이 말들을 끌고 동굴 안으로 들어왔다. 하지만 동굴의 입구가 겨우 사람 한 명 통과할 정도로 비좁아서, 말들은 쉽게 들어오려 하지 않았다.

그러자 모용현아가 다가가 말의 갈기를 부드럽게 쓰다듬으며 소곤거렸다.

"괜찮아. 고개만 숙이고 천천히 걸으면 다치지 않을 거야. 날 믿고 따라 들어오렴."

말들은 마치 그녀의 말을 알아듣기라도 한 듯 고개를 숙이고는 천천히 걸음을 옮겼다.

지켜보던 강만리의 눈이 휘둥그레졌다.

'호오, 사람보다는 말과 더 친한 모양이네.'

"무슨 생각하는지 다 알아요. 사람보다 말과 더 친하다고 생각하고 있죠?"

 모용현아가 그를 노려보며 말했다. 강만리는 아무 말 없이 어깨를 으쓱거렸다. 모용현아는 가볍게 "흥." 코웃음을 치고는 동굴 안쪽으로 말들을 옮겼다.

 강만리는 모닥불 곁에 앉아서 가만히 그녀가 하는 양을 지켜보았다. 말들의 여물을 준비하고 갈기를 쓸어 주는 등 그녀는 정성스레 말들을 보살폈다. 어느덧 강만리의 생각도 바뀌어 가고 있었다.

 '말을 좋아하는 사람치고 성품 나쁜 자는 없다고 했던가?'
 말은 영리한 동물이었다. 엉큼하거나 음험하거나 겉과 다른 속내를 가지고 접근하는 자들을 정확하게 가려낼 수 있었다. 그래서 말과 마음을 트는 건 생각보다 어려운 일이었다.

 사실 강만리는 모용현아의 그 삐딱한 성격에 대해서 상당히 걱정하고 있었다.

 당혜혜를 비롯한 화평장의 여인들과 과연 잘 지낼 수 있을지, 그녀와 함께 있는 시간이 많아질수록 기대보다는 걱정이 더 커지던 참이었다.

 겉으로는 온순하고 부드러워 보이는 화평장 여인들이지만 그녀들처럼 심지가 굳고 대가 강한 여인도 그리 많지 않으니까.

 '하여튼 별다른 풍파가 없기를 바랄 수밖에.'

강만리는 그렇게 바랄 뿐이었다.

강만리 일행이 동굴에 머문 지 어느덧 하루가 지나고 이틀이 흘렀다.

모용현아를 비롯한 모용세가 사람들의 헌신적인 노력으로, 그리고 섬예가 어디선가 캐 온 약초와 풀뿌리들을 복용한 덕분으로 이틀 전과 달리 말들의 체력은 상당히 회복되었다.

구자육은 섬예가 캐 온 약초와 풀뿌리를 세밀하게 관찰하고 살피고는 놀란 표정을 지으며 감탄했다.

"이건 사람들의 체력을 회복하는 데에도 상당히 좋은 약효를 보이겠는데요."

그 말이 떨어지자마자 섬예는 곧장 동굴 밖으로 나가서 풀뿌리와 약초를 캐 왔다. 구자육은 그것들을 잘 개어서 꿀과 더덕 뿌리, 밀가루와 혼합하여 조그만 환단으로 만들었다.

"하루에 한 알씩 복용하면 원기를 회복하고 강장할 수 있을 겁니다."

구자육은 강만리와 모용세가 사람들, 고봉진인에게 수십 개씩 환약을 나눠 주며 그렇게 말했다.

"고마워요."

모용현아가 밝게 웃으며 인사했다. 그 모습을 본 강만

리가 속으로 투덜거렸다.

'나만 싫어하는 건가?'

아닌 게 아니라 그녀는 고봉진인이나 구자육, 섬예 등과 매우 친하게 지냈으며, 또한 그들에게는 언제나 부드러운 표정을 보였다.

오로지 강만리를 볼 때만큼은 표독스럽고 사나운 눈빛으로 쏘아보는데, 어쩌면 강만리를 볼 때마다 지금 이 자리에 없는 장예추를 떠올리는 것인지도 몰랐다.

'쳇. 그러거나 말거나.'

강만리는 투덜거리며 동굴 밖으로 나왔다.

여전히 천하가 눈에 뒤덮여 있었다. 무릎까지 쌓였던 눈은 며칠간의 추위로 더욱더 단단하게 얼어서 이제는 어지간한 힘을 줘도 깨지지 않는 얼음이 되어 있었다.

"말들이 고생하겠다."

강만리가 그렇게 중얼거리며 주위를 둘러보고 있을 때, 동쪽 산등성이에서 누군가 빠르게 이곳으로 달려오는 기척이 느껴졌다.

'대여섯 명?'

강만리는 긴장하며 자세를 낮췄다. 동시에 내공을 운기하면서 불의의 사태에 대비하려 했다.

하지만 다음 순간 강만리는 이내 안도의 한숨을 쉬며 내공을 풀었다. 산등성이를 돌아서 달려오는 이들은 강만리가 그토록 기다리던 인물들이었던 것이었다.

"또야?"

강만리는 어이가 없다는 표정을 지으며 그들을 지켜보았다. 다섯 명의 노인이 제 몸보다 더 큰 등짐을 진 채 희희낙락 달려오고 있었다. 그 뒤로 담우천의 모습이 보였다.

"저들이 어떻게 만난 거지?"

강만리는 고개를 갸웃거렸다.

설마 담우천이 여진의 대군에 잠입했을 때 그곳에서 다섯 노인, 강호오괴와 만났을 리는 없을 테고.

강만리는 궁금증을 숨긴 채 그들이 다가오기를 기다렸다. 이윽고 한달음에 산허리를 하나 뛰어넘은 강호오괴가 강만리 앞에서 허리를 굽혔다. 하마터면 등에 진 커다란 짐들이 앞으로 쏟아질 뻔했다.

"강 장주를 뵙습니다."

"임무를 마치고 돌아왔습니다요, 강 나리."

다섯 노인은 여전히 충복한 하인의 흉내를 내면서 그렇게 소리쳤다.

그들의 목소리가 들린 듯 동굴 안에서 사람들이 달려 나왔다. 고봉진인이 다섯 노인의 손을 연달아 잡으며 껄껄 웃었다.

"하도 오지 않길래 그쪽 사람들과 노는 게 더 재미있나 했소이다."

노로통이 웃으며 말을 받았다.

　"여진족과 노는 게 재미있기는 했지만 그래도 어찌 돌아오지 않을 수 있겠소이까?"

　재미있게도 강호오괴는 강만리를 비롯한 무림오적과 장예추의 둘째 부인이 될 모용현아 외에는 그 누구에게도 '하인 놀이'를 하지 않았다.

　고봉진인은 전혀 개의치 않고 말했다.

　"어쨌든 잘들 찾아오셨소. 그런데 그 짐들은 또 무엇이오?"

　"아, 이것 말이오? 여진족들의 보급물자들이오."

　노로통의 대답에 대노조가 끼어들었다.

　"여진족의 화약도 챙겨 왔소이다. 아쉽게 창포는 너무 커서 가지고 올 수 없었지만."

　그때 뒤늦게 담우천이 동굴 입구로 날아들었다. 강만리가 웃으며 말했다.

　"고생하셨습니다."

　"고생은 무슨. 내가 한 일은 별로 없다네. 강호오괴 어르신들 덕분에 수월하게 끝났으니까."

　"호오."

　강만리가 새삼스럽다는 눈빛으로 강호오괴는 돌아보자 시시간이 눈빛을 반짝이며 말했다.

　"우리가 어떻게 활약했는지 궁금하시죠? 궁금하시면 얼마든지 물어보십쇼."

"나중에 듣기로 하죠."

시시간의 얼굴이 시무룩해지는 가운데 강만리는 다시 담우천을 돌아보며 물었다.

"그럼 여진 대군의 재진격은 없는 겁니까?"

"없을 걸세, 한동안은."

담우천이 고개를 끄덕이며 말했다.

"아예 난장판을 만들어 놓고 왔으니까."

"역시 형님이십니다. 그럼 안으로 들어가시…… 음?"

강만리가 활짝 웃으며 말하다가 문득 뒤늦게서야 담우천의 옆구리에 낀 짐보따리를 발견하고는 눈을 휘둥그레 떴다.

여진족의 보급물자가 담겨 있다고도 화약이 들어 있다고도 하기에는 너무나 길쭉한 것이, 마치 보따리 안에 축 늘어진 사람 한 명이 들어가 있는 것처럼 보였다.

"그게 뭡니까?"

강만리가 묻자 담우천은 별것 아니라는 투로 대답했다.

"사람일세."

"사람이요?"

강만리의 조그만 눈이 한껏 커지는 순간이었다.

(무림오적 52권에서 계속)